魅丽文化 花火工作室

你那么可爱

YOU ARE SO CUTE

尚方宝剑 著

江苏凤凰文艺出版社
JIANGSU PHOENIX LITERATURE AND ART PUBLISHING, LTD

目录

>>>> CONTENTS

“春天里新发芽的爱情有没有真的？”

“爱情都是真的。”

第一章

我是因为喜欢你才有病，
还是因为有病才喜欢你

· 001 ·

我和某人确立关系的方式比较草率。

有天我突发奇想地问他："你给我的来电备注是什么？"

他沉默了。

最怕空气突然安静，这很引人深思啊！

我淡定地说："你给我的备注内容是不是很没内涵？没关系，反正我给你的也很没营养，叫'神经病患者'，哈哈哈……"

"我给你的备注是'女朋友'。"

他幽幽地说了一句，然后通话断了。

是我这边信号不好，还是他挂了电话？！

我觉得我很有必要为此做点什么，于是我鼓起勇气拿起手机，准备给他打电话。就在这时候，他刚好打过来了，我马上接听，果断招呼：

"喂，男朋友。"

那头，某人反应慢了半拍，回味过来后，不矜持却很满足地笑了。

我和他就这么在一起了。

· 002 ·

某人告诉我，他小时候给自己取了个名字，叫"我我"。

追问起缘由，他和他妈都说不知道。那时他很小，还没上幼儿园，长辈问他叫什么名字，他偏爱说："我叫闫我我。"

嗬，我揶揄道："果然啊，三岁定八十，原来你从小就是自恋体质，你小时候是不是那种以自我为中心的熊孩子？当初说你自恋狂你还不承认？"

"我现在也不承认。我那么喜欢你，怎么可能自恋。"

……有道理。

• 003 •

我是广州人，留在本地上学。闫我我是连云港的，去了沈阳，读土木工程。当时他特得意地跟我说："《越狱》的男主角也读这专业呢。"

我直翻白眼，回复说："你又不越狱，读什么土木工程。"

他气得离线。那时我和他还是网友关系。

确立关系当晚，我跟他说："你明晚要陪我哟。"

他爽快说好，话锋一转问："你那里几点天黑？"

我看看窗外，没多想就说："七点吧。"

他说好，不等我晃过神，他转眼就下线了。

我当时特生气，还没约好几点接头他就跑了？这厮太没有契约精神了吧！

可能因为他是副班长，所以面子工程不能丢，欲敦促同学好好学习，必先道貌岸然地装模作样。那时他特别爱往图书馆跑，跟上班打卡一样煞有介事。

第二天晚上七点，闫我我准时上线。

我以为他会来得很晚，毕竟他要在图书馆里完成一个副班长的表演。

我在 QQ 上揶揄他——

这么早？不待在图书馆装神弄鬼了？

他回复——

你不是说今晚要陪你吗？广州天黑了吗？我来了。

我恍然大悟，原来他问我“几点天黑”是这意思。

本来还想嘲讽他几句，见他这般柔情似水，我连忙收敛起戏谑的态度。

当时我心里美滋滋的。现在回想起来，嘴角依然会轻轻上扬。

那是第一次，我觉得闫我我这个人，真的好可爱。

• 004 •

在他十九岁那年，闫我我在 QQ 空间连载过他的精神分裂代表作《必读贱谱》，收获了不少评论和赞美。

我从不在他日志下评论，因为如果我要装矜持，扮高冷，就得表现得没别人那么欣赏他。

某天，这厮问我：

“你怎么从不给我评论？”

“我不怎么看你写的东西，你以为我是你？整天偷看我空间。”

某人并没有被我激怒，从容地说：“我一直没找到契机公布我有女朋友，专门发说说又觉得太刻意。”

我赶紧去他日志下评论——

文风很好很自恋，措辞再不要脸一点，就能像我这么优秀了。

闫我我秒回——

明明对我的文风一清二楚，还不承认读过我的日志？

哼，上当了！

我懊恼自己不够冷静，想秒删评论，又怕被他嘲笑输不起。

下一秒，我收到新的回复——

我女朋友最可爱了。

• 005 •

一次聊天，我故作文艺地向闫我我感慨，现在的人们哪，已经不怎么写信了，我认为以信件方式交流，更容易交心。

我问闫我我：“你的字好不好看？”

他说：“我给你写封信，你自己评判。”

我喜出望外，说好。

就这样，我们交换了地址。

尽管我对写信这回事有着美好的幻想，但实现起来却很本我。

我从笔记本上撕下几页纸就开始写，写完后发现宿舍没信封，也懒得买了，从衣橱里找了只长袜，对，没错，就是长袜，红色，图案是麋鹿和圣诞老人，特有圣诞气氛。

我把几页信卷起来塞进袜子里，然后联系快递寄了出去。

我至今没忘记快递小哥当时的表情。

“你寄袜子？”

“是。”

“一只？”

“对，这不是普通的袜子，这是一只会交流的袜子。”

快递小哥用看神经病的眼神看了我一眼。

三天后某人收到了信件，特地打电话来确认：

“那只圣诞袜子是你寄的吗？”

“是是是，没错，没找到信封就用这个当信封了。袜子是干净的，别怕。”

某人笑声不迭，我很担心他会不会把肺都笑出来了。

“你也太有创意了，我怎么都不会想到会收到这样一封信。”

我特开心、特骄傲，觉得那只袜子给我长脸了。

“你读信了吗？我的字好不好看？”

“袜子更好看。”

“那你就把它当宝放在枕头边吧。”哼，袜子会比我的字好看？

不一会儿，某人用他那部低像素手机，给我发来一张低像素大合照——我的袜子和他的枕头。

后来玩游戏，我叫“一只袜子”，他叫“另一只袜子”。

• 006 •

也就一天之隔，我收到了闫我我的信。

信里他正儿八经地写道：

“× 小姐，展信好……”

我特感慨，没想到这厮会这么正常。

我也给他去了电话，表达了收信心得。

“信我收到了，你是不是把你爸妈互通的情书寄给我了？”

“没，那是我的字，他们的字哪有我的好看。”

“可是整封信的行文有一种久远的年代感，很难相信你就是写《必读贱谱》的那个人。”

“写情书我是认真的，岂能用自嘲的态度，你根本不懂我的深情。”

“这样的深情不太想懂……”

• 007 •

某个清晨，我六点多给闫我我打电话。

才响一声他就接了，声音里透着刚睡醒的慵懒。

我说："把你吵醒啦？"

"没有，我正要起来，要去做操。"

"那你先去，我只是有点想你，就想听听你的声音。"

第二天清晨，手机震动，我勉强睁开眼接听，闫我我的声音从那头传来：

"起来了吗？"

"刚醒。"

"我吵醒的？"

"对。"

"要起床了。"

"好。"

"你刚睡醒的声音很温柔，不具有任何攻击性。"

"我平时很凶吗？"

"当然。"

之后很长一段时间，闫我我每天清晨都会给我打一通电话。

我就纳闷了："你有这么迷恋我刚睡醒的声音吗？"

"如果你意识到平时的自己有多凶残，就能明白这时的你有多稀罕。"

“你在骂我吗？”

“看，又来了。”

“……”

• 008 •

闫我我跟室友都相处得很好，不像我，性格缺陷多，同居困难户，跟谁都过不下去，所以跟谁都过不去。

譬如，和室友 A。

入学报到当天，我妈非要送我到大学，随行的还有表哥和我弟。我妈负责开车，表哥负责拿行李，我弟负责跟我打闹。

我妈是那种会对小孩无限宠溺的母亲，她总觉得我离开家就会遇到危险，各种不放心，我背包里多放一本书，她都怕我累着。我知道她爱我。

一行四人浩浩荡荡地到了宿舍，我妈千叮咛万嘱咐，好不容易被我赶走了。

室友 A 和我初次见面，倚熟卖熟地说：“你使唔使咁劳师动众，你屋企人好夸张（你要不要这么劳师动众，你家里人好夸张）。”

我说：“关你咩事（关你什么事）。”

从那天起，我就没有理由地不爱搭理她。

再者就是室友 B。

我喜欢在图书馆里借一大堆侦探、悬疑、惊悚类的小说，靠墙堆在枕头边上，平时没课就喜欢待在上铺没完没了地看，常年缺席寝室活动。

室友B趁我上洗手间，跟室友A吐槽：“×××整天装文化人。”

我脾气不好，涵养为零。听闻有人嘲笑我，忙从洗手间探出脑袋，杀她一记回马枪：“我看小说就是装文化人，那你整天背英语单词，是不是就是崇洋媚外？”

我瞪了她一眼，才回到洗手间。

诸如此类的琐事有很多，大多我都不放心上，但偶尔会闹小情绪。有一回我就很想不开，我把这归咎于女生生理期，情绪不稳定。

当晚我躺在床上，没兴致上线。

闫我我给我打电话，问我在干吗。

我说：“不干吗，就躺着。”

“哪里不舒服？”

“哪儿都不舒服，还很不高兴。”

“不舒服我没有办法，不高兴……你为什么不高兴？”

“说不上来，要不……你说句肉麻的话逗逗我。”

闫我我在那头犹豫半天，用一副不经人事的语气说：“我能在第一时间想到的，最肉麻的话只有三个字，我爱你。”

我愣了。

但不可否认，彼时彼刻，不管那句话显得多么幼稚，我心里都乐开了花。

我笑着装严肃，说：“再来一遍，我不高兴。”

“我爱你。”

“我不高兴。”

“我爱你。”

“我很不高兴。”

“我很爱你。”

我在这头哈哈哈笑得像个智障，他在那头也憋不住笑了。

后来，每次我说不高兴，他就说我爱你。很多时候我是故意的，他知道，我也知道他知道，他也知道我知道他知道。

这似乎成了我们之间一个表达情感的默契。以至于有一回，他给我打电话，恰巧碰到室友从外头回来，他室友问他：“又在给‘我爱你’打电话？”

我惊呆了。

“你室友怎么会知道？”

“因为我从不避忌，好几次他们在寝室，就听到了。”

“你不嫌丢人啊？”

“不嫌。你敢要我就敢说。”

• 009 •

我和闫我我决定互发照片。

他给我发了一张和朋友外出合影的照片，那天阳光灿烂，他微眯着眼，即便是笑都很内敛。

我给他发了一张出游哈尔滨的照片，照片像素一般，勉强能看清轮廓，但足够暴露我的身材。

那是我十八岁时拍的照片，因为个子不高，一百〇二斤的体重压在身上，轻易就把我压胖。加上我穿着厚大衣、厚裤子，无疑是胖上加肥了。

“我现在还这么胖，走几步路就气喘，动不动就犯困。”我发信息吓唬闫我我。

他淡定回复——

球，你真圆。

球……是喊我吗？

“你是不是想和我分手？”

“不是，我有病啊？”

“这么胖你也爱得下去啊？”

“一百〇二斤，我还抱得动。”

我进一步试探。

“你想我减肥吗？”

“不用，别再增肥就行。”

“……”

我跟他汇报真实情况。

“我十九岁的时候就瘦下来了，现在只有八十二斤。”

“怎么瘦那么多。”

“因为我有病。”

“什么病？”

“你觉得呢？我是因为喜欢你才有病，还是因为有病才喜欢你？”

· 010 ·

奔现，是我和闫我我每次谈起都会兴奋不已的话题。

我们计划在暑假见面，至于碰头地点，纠结了好几天，一直举棋不定。

我脑子一热，说：“要不就在连云港？我还没去过呢。”

他爽快应允：“可以，你要不要住我家？”

这么直接吗……

我心情忐忑：“我住你家，你打算怎么向你父母解释我的存在？”

“实话实说，他们知道我有女朋友。”

这么快摊牌吗……

我有点紧张：“他们有没有问起我们是怎么认识的？”

“当然有，我告诉他们是在网上认识的。”

这么坦白吗？

我郁闷极了，这个头脑简单的人！

“网恋在长辈眼中很不靠谱，你想没想过，这样会导致他们对我印象不好。”

“想过，但我不想说谎。就算他们对你印象不好，那也是暂时的，况且我也强调了，是我先纠缠你的，你只是屈服于我的才华和魅力之下。”

“……”

“你确定我能住你家？确定你父母没意见？”

“站在他们的角度想，你来我家，比我跑出去更能让他们放心。”

不一会儿闫我我复命：

“我已经告诉我妈，你暑假要来我家住几天，她说可以。”

瞧这惊人的速度！

我捶捶脑袋，彻底服气，尚未缓过一口气，闫我我又说：“我妈问，你爸妈会不会不放心，我去广州也行。”

“你下回的吧，我是真想去连云港走一走，看一看你成长的地方。”

“我也想去看看广州，连云港好像没什么好看的，这里有个花果山，可你又不是猴子。”

“你别废话！”

“哦。”

当晚，闫我我心情似乎特别好。他在 QQ 空间更新了一条说说——

亲吻的感觉，要你亲口告诉我。

• 011 •

奔现的网恋很多，奔现直接奔家里的，我和闫我我大概是第一对。

当时我买好了火车票，大概是因为太激动、太兴奋，我记错了发车时间还浑然不知，毫无危机感地到了广州东站。

广州到连云港没有直达列车，我得先到徐州，再在徐州转大巴。

过安检时，安检人员要查票，看了我的火车票后他迟疑了一下，扭头冲同事大喊："T161 发车了吗？"

该名同事回复："还没走，还要再等会儿。"

安检人员放我进站，拿回票后我仔细看了看发车时间，是三点二十一分，我到东站都快四点半了……

我足足晚了一小时？！

我突然很有危机感，撒腿就往检票口飞奔，手机响也顾不上了。

天公作美，我迟到了一个多小时，T161 竟也晚点了一个多小时，我误打误撞地赶上了！

我当时想，苍天大概有心成全我这段恋爱，不然我怎么可能这么幸运？

T161 旺我恋情啊！

我买的是下铺，坐下缓口气后，我拿出手机查看，有好几通未接来电，都是闫我我打来的。

电话又响，我马上接听。

“上车了吗？”

“上了，差点就赶不上了，我记错了发车时间。”

我跟他分享了有惊无险的全过程。

他听后猛松口气：“我应该确认下列车的发车时间，你告诉我是下午四点半，我就当真了。如果你错过了这趟车，那我得多失望。”

我笑笑：“有什么好失望的，大不了买明天的票，反正一定会去的。”

“不行，我都等这么久了，一天都不能再等了，我很想快点见到你。你穿什么颜色的衣服啊？”

“紫色 T 恤，浅蓝色牛仔裤。”

“啊，我没有紫色 T 恤哟。”

“没有就没有，没关系。”

“可我想穿啊，想和你假装情侣装。你都带什么衣服了，要不你翻翻行李？说不定会有一件和我的撞衫呢。”

“不行，好麻烦啊，见面了一起去买情侣装就好了。”

“唉，别那么懒吗，翻翻看啊。”

“翻你个白眼。”

这只男妖精，太会磨人了！

· 013 ·

闫我我有个亲哥，代号冻冻，我随便起的。

谁会想到，到了连云港后，来接我的不止一个人。

我刚下车，四处搜索目标人物。一个穿着宽松白T恤和宽松红短裤的男生率先走了过来，特有使命感地接过我的行李，没有和我说一句话。

我打量对方的红短裤几秒，短裤上有好几个“福”字，穿得这么喜庆，这不是我男朋友。

另一个瘦子走上来，他身形单薄，有很高的鼻梁，眉毛在我看来挺浓，是个单眼皮男生。

就他了，他才是我男朋友。

初次见面，闫我我腼腆得很，甚至不太敢看我的眼睛，笑了笑就别过脸，好像我是会吃人的老巫婆似的。

冻冻带上我的行李开电动车走了，闫我我带上我开另一台电动车走的。

我坐在闫我我身后，扶着他的腰，能感觉到他有点紧张。

我必须做点什么缓和一下尴尬的气氛了。

“别人接女朋友，都是开奥迪啊、奔驰啊、劳斯莱斯啊，你倒好，开电动车。”

“这样才能检验你恋爱的诚意，是要我呢还是要家世呢。”

我问：“你来接我怎么还带上你哥啊？怕我是骗子把你

拐走吗？”

“不是，是我妈要我哥来的，她觉得女孩子的行李通常会很多，没想到你就一个背包……”

“刚刚你哥走在你前面，他不怕我认错人啊？”

“他没把你想得那么蠢。”

说句题外话，冻冻其人特别损，后来相熟了以后，时时打趣我。

我至今没忘记他那条“福”字红短裤，前阵子问他：

“哥，你当时接我的时候，穿那条红裤子走起来特别自信，你是不是觉得自己特别时尚啊？”

“呵呵，我随便穿的，接你而已，这配置挺合适。”

后来我和闫我我举行婚礼的时候，闫我我他表弟做伴郎，并充当司机开第一辆婚车，冻冻开第二辆。

我当时笑了：“哥，我和闫我我见面第一天，是你和他一起来接我，我和他结婚这一天，也是你和他一起来接我。”

哥笑笑没说话，在我大喜的日子里，他大概想积点口德，没开口损我。

• 014 •

到他家见过家长，闫我我的妈妈正准备做晚饭，问我想吃什么，闫我我说，要带我出去吃。

一开始我不太理解这种操作，毕竟到家里了，第一顿饭好歹要陪长辈吃对不对？

可某只排骨精特别坚持，我也不好反对，洗把脸随他外出了。

他带我朝多车路段走，过马路的时候，他一副很会照顾人的样子，伸手握住我的手，并语重心长地提醒道："看车。"

我心领神会："你简直太会过马路了。"

他看出来我看穿他了，抿着唇不说话，假装正直，目视前方，手却一直没放开。

我也没甩开，捏捏他的拇指算是回应他。

• 015 •

吃完饭回家，家里没有人。

闫我我告诉我，他哥大概出去找朋友腐败了，他妈大概到邻居家串门了，他爸在外地公干，一个月才回家一两次。

这下好了，孤男寡女在家，该做点什么有益身心的事呢？

我提议说："相册你有吧，要不要拿出来看看？"

他跑到房间找出两本相册，我坐沙发上饶有兴味地翻看着。

感觉到他靠近我的头顶，我抬头瞅了他一眼，问："你在干吗？"

"闻闻你头发的味道。"

"香吗？"

“该洗了。”

“……”

我忍住脾气没发作，指了指照片里的两个小屁孩，问他：“哪个是你哪个是你哥啊？”

“这个。”他指着右边的小孩，顺带提了一句，“另外一个不是我哥。”

“那是谁？”

“你知道哪个是我就行，其他人都不是重要角色。”

好吧……

闫我我是那种对聊天质量要求特高的人，他不爱附和、不爱勉强社交，聊不来的就干脆不聊，连尬聊都不愿意尬，在别人眼里他是个安静话不多的人。

我俩一起看照片，不知不觉越挨越近，肩膀都碰一起了。

我虽然不算是纯情少女，但是和喜欢的人有了意外的接触，心里难免会紧张，心虚地抬头看了看他，某人很会把握机会，低头吻了下来。

事后他问我：“要我陪你看照片，你是故意的吧？”

我说：“没有，我是直接的人，不像你，想牵手还要找过马路做借口。”

• 016 •

我和闫我我拍了张合照，然后用他的手机发彩信给我妈。

“你女儿在我手上。”

我妈马上拨通我的手机，声音特别惊慌：“妈妈给你买机票，你马上回来，你就假装家里有事，不要表现得很紧张，你一定要相信妈妈，妈妈不会害你的，你一定要提防身边的人，不要以为……”

“妈，那条彩信是我发的……”

“什么？”

“就是刚才那条彩信，有照片那条，除了我谁会称呼你皇姐啊……”

我妈愣了几秒，用我从没听过的高音河东狮吼般地吼我：“你痴线噶？！玩咩唔好玩绑架？你知唔知会吓死人（你神经病啊，玩什么不好玩绑架，你知不知道会吓死人）？”

我妈愤怒地挂了电话。

闫我我知道后，对我的所作所为做出了严厉批评：“你太过分了，居然用我的手机吓唬你妈妈，她肯定以为是我在捉弄她。”

“不是，她知道是我干的。”

“你马上给你妈妈道歉，万一她气急了，真让你马上回家，就麻烦大了。”

事不宜迟，我马上给我妈打电话，我妈不接。

我急惨了：“怎么办，我妈不接，要不然你打过去试试？”

闫我我有点紧张，鼓足勇气地拨了电话，才响两声我妈就接了。

闫我我有点慌乱，连声音都颤抖了：“阿姨，我是她男朋友，对不起，刚刚惊扰到您了。”

我妈尚未释怀，心情郁闷地说：“那家伙太坏了，多大的人了还这么不懂事，一点不体谅父母心情，什么都敢开玩笑。”

我越听越内疚，在一旁差点跪了，哭唧唧地说：“妈，我知错了，对不起，你不要生气嘛。”

我妈不理我，对闫我我说：“你照顾好她，给你们家添麻烦了。”

“没事，不麻烦，我会照顾好她的，会让她平安到家的。”

“好。”我妈挂了电话。

当晚，经不住我软磨硬泡，我妈最终大发慈悲地原谅了我。

•017•

闫我我带我去苏马湾，那是个海滩，游人很多很闹，海风很大很凉。

碰巧遇到一对新人拍婚纱照，新郎从身后抱住新娘，面对摄影师堆起幸福的笑。

闫我我似乎眼红了，依样画葫芦地从身后抱住我，也不知要和谁斗气，冷不丁地说：“他们还没我们好呢。”

• 018 •

我不是猴子，但某人还是带我去了花果山。

花果山最高峰叫玉女峰。我和他费了九牛二虎之力才登顶。沿途有观光车驶过，某人看我总是一副快不行了的样子，不止一起劝谕："别装运动型了，坐车好不好？"

"我没装……"我反复强调，"我是个背包客，旅行就要有旅行的样子，爬山坐观光车，算什么英雄好汉。"

"可你这副样子……"某人看看擦肩而过健步如飞的大妈，没好气地说，"阿姨都走得比你快。"

• 019 •

爬山，是一种最伤害牵手的运动。

我掌心汗涔涔的，不好意思地松开了手："我手汗太多了。"

"我背上也全是汗，难道因为这个，你就不会跟我拥抱吗？"

我连忙抱抱他，以此表明忠君之心。

• 020 •

玉女峰上很多人，有的在拍风景，有的在自拍。

我说："好不容易上来了，我们要不要找人帮忙拍合照。"

"不用，拍照就像接吻，我们自己来。"

某人特自信地举起他那部低像素手机……

·021·

逛街买情侣装。

闫我我特挑剔，逛了一天也没看到满意的。

我实在累了，捶着腿说："要不这回算了，改天再买。"

"不行。"

某人拉我进了另一个专柜，直截了当地问导购员："有情侣装吗？"

导购员很尽职，带他看了店里所有款式，他挑了一款白色T恤，和我各自换上，随后到镜子前集合，打量着镜子里的我。

他颓然："算了，改天再买，我们回家。"

我也颓然："这件T恤又有哪里不合你意了？你不是穿着挺好看的吗？"

"T恤布料一般，我好像看见了你内衣的颜色，那别人不也能看见吗？"

"……"

·022·

第一次分别总是伤感的。

离开前夕，我和他都失眠了，我们一整晚都在一起，但几乎没怎么交谈。

终于他问我："下次见面是什么时候？国庆可能吗？"

问的是可不可能，而不是可不可以。

才恋爱没多久，我就感到心酸。

我早在半年前订了广州到吉隆坡的机票，那时还没认识他呢。国庆我会和朋友到马来西亚度假，见不了面了。

他特别失望。

我们约好，寒假再见。到广州后，我第一时间给他打电话。他声音很沮丧，可以想象他情绪很低落。

"见面之后比见面之前更想念了，可能是因为脑子里你的样子具体了，思念找到了它的载体。"

他发来视频邀请，居然穿着那身分别前夕的衣服。

"这件 T 恤我走之前不是给你扔洗衣机了？"

"想再穿一天，回到你没走的那天。"

"不臭吗？"

"有点，我还是脱掉吧。"

"……"

• 023 •

某个夜晚，闫我我一直没上线，打电话也不接。

我特别急，可除了打电话、发信息和干等之外，我再没别的手段可以找到他。

这就是异地恋的悲哀啊！

将近凌晨他来电话了。

我很生气，但还是按捺住恼火，给他一个解释的机会。

“我和我妈谈了一晚上。”他特严肃地说。

我不免紧张起来：“谈什么谈一晚上？”

“她担心恋爱会耽误我学习，我哥领奖学金了，我成绩一直比他好，我妈对我有更高的期望。”

所以，他是不是要和我谈分手？

我全身凉了，心也寒了，生怕慢一秒会多吃亏，我抢先开口：“那你先忙学业，我们算了？”

“什么叫算了？”

“就是算了，不谈了。”

“凭什么不谈了？！”他声音突然提高，听着让我发怵，“如果我轻松就能割舍你，何必和我妈谈一晚上？你怎么能这么轻易地说出这种话？”

我鼻子一酸：“万一她不喜欢我呢？我可不希望，到了谈婚论嫁那天，才发现她当初不过是借着学业的理由要我们分开。”

“她只是严厉警告我学业要摆在第一位。”

“万一以后她不同意呢？”

“她已经有我爸了，我要和谁在一起是我的事。万一有万一，如果她不能接受家里多一个人，就要习惯家里少一个人。她永远是我妈，你永远是我最想珍惜的人，这种事情我不会妥协。”

我半信半疑：“你凭什么那么确定你能喜欢我到很久很

久啊？”

“我就是认定你了，所以才敢把你往家里带。我不仅仅是和你恋爱，我要和你相爱。不要怀疑我喜欢你的程度，你对我和自己都要有信心，我们会一直在一起。”

“那如果有一天，我不要你了呢？”

“那我就打断你的腿。”

Really？丧心病狂啊丧心病狂！

第二章

喜欢你时，我是智障

• 001 •

上初中时，我妈在一个外语机构给我报了外教班，在那儿我认识了小姐姐Polly。

Polly比我大几岁，我上大学的时候她都工作了。她被保护得很好，是典型的贴心小棉袄，凡事都听父母之言的那种，我甚至怀疑她是否真的有过青春叛逆期。

这趟马来西亚之旅，只有我和她两个女生，我拍胸口说要带她自由行，让她好好感受一下“这是飞扬的感觉”是什么感觉。

她问我这不是汪峰的歌吗？我没搭理她。

说到底她是兴奋的、期待的、挺想试试叛逆的，壮着胆子隐瞒父母，说和我报了旅行团，好让他们放心。

抵达吉隆坡，到酒店安顿后，她问我：“先吃饭还是先逛街？”

我不假思索地说：“要先买电话卡，一方便在境内使用，二方便我找男朋友。”

“你就直接说你想找男朋友不就行了。”Polly直翻白眼，“我都没有男朋友呢，你一个大学生着什么急。”

“嗬，这就是你大学不努力的后果。你不着急自会有人替你着急，你家里人不是天天逼着你相亲？”

“……”

· 002 ·

双子塔是马来西亚标志建筑，正如埃菲尔铁塔之于巴黎。

双子塔曾经是世界最高的摩天大楼，就因为它太高太摩天了，以至于我和Polly费了九牛二虎之力，才把它的全身装进镜头。

最后Polly还不满足，坚持要和双子塔合影，于是我俩再次使出浑身解数，把脑袋塞到照片右下角。

回酒店后我跟闫我我吐苦水：“我们在双子塔前矫揉造作了很久，才成功拍下一张，表情特别难看。”

“双子塔前没游客吗？”

“有啊，多了去了。”

“别人有歧视你们的吗？”

“没有。”

“那有鄙视你们的吗？”

摔桌，这天聊不下去了！

· 003 ·

马来西亚除了华人，印度人也特别多，印度餐厅随处可见。

我怂恿Polly走进一家印度餐厅，想看看除了咖喱之外还有什么新花样，结果很平常也很浪漫，印度人离不开咖喱，就像我离不开闫我我。

Polly轻轻推搡我：“走吧，咖喱没有新鲜感啊，我们去吃点没吃过的。”

我观察着四周的印度人，他们正用手吃着饭。

我急急拉住要起身离开的Polly：“你赶紧坐下，你看看四周那么多印度人，要是我们一脸嫌弃地走了，他们会误会我们对他们的文化有什么不满，千万不能影响两国关系啊。”

“……”

我继续劝说：“你吃过那么多回印度菜，但你有哪怕一次，像一个印度人一样吃咖喱吗？”

Polly眼神怨怼地看着我：“Zeena，你把我骗进来，还想骗我用手吃饭给你看？你真係当我傻噶（你真当我傻啊）？”

Zeena是我英文名。

“我用手吃给你看。”我身先士卒，好说歹说，才说服Polly留下来。

一天旅途结束后，我循例给闫我我打电话，Polly在边上，一个劲儿地操着她那口广东腔普通话，对闫我我说：“你女朋友离晒谱（不靠谱）。她还学印度人呢，印度人都笑了。”

某人长叹一声，问我：“你又做了什么阿Q精神的事？”

“我在一家印度餐厅，用很印度的方式解决了一顿印度餐而已，这是阿Q精神吗？”

“Polly拍照了吗？”

“拍了。”

“那你看照片不就知道了？”

“……”

• 004 •

坐飞机到瓜拉丁加奴，然后坐船去热浪岛，我又看见了大海。

这次和之前不同，我不是站在海边，而是乘船在海上，四周一望无际，天地广袤无垠。

那一刻我特别有感触，世界那么大，我那么渺小，我的存在根本微不足道。有句话说，除了生死，都不重要，可对于这世间万物而言，我们的生死又算得了什么。

到酒店后，我打国际长途找闫我我，万分感慨地分享了当时的感受。

他好像不太能 get 到我的矫情体，没好气地说：“怎么看个海就有超脱感了？”

我一副高深语气说：“我与佛有缘，你说会不会突然有天，我猛然开窍了，从此遁入空门？”

某人不阴不阳呵呵两声：“你打算怎么猛然开窍？被雷劈？那得在下雨天找棵树。”

“……”

“呵呵呵呵，就凭你还能遁入空门？空门也是有门槛的好不好？就你这脑子……”

他就此打住。

马来西亚 热浪岛

"这里的黄昏是我想念他的颜色。"

我气冲冲地说道："说啊，怎么不往下说了？"

"成年人的世界无须说得太清楚，有些事，我们心照不宣，譬如你的智商。"

"！！！"

我正想挂电话，电话那头他话锋一转，温柔的语气来得特别及时："就算我们对世界不重要，但我们对彼此很重要，于天地间我们可有可无，于彼此间我们一生一世。你别再想那些空门的事，有空多想想我。"

以为这样就能俘虏我了吗？哼！

一时地狱一时天堂，大概就是这意思。

· 005 ·

那年国庆刚好赶上中秋，Polly和我坐在热浪岛码头，边赏月边吃月饼。

我不喜欢吃月饼，但会陪着她吃，这样她会吃得更香。

我问她："想家吗？"

她摇摇头："这才几天？难得有机会出来透透气，我不想家。你呢？"

我没出息地说："我也不太想家，我想闫我我……"

她老人家白我一眼，语重心长地说："年轻人，不要一出手就爱得这么重，万一以后分手了，会很伤心的。"

我想了想，说："最坏的结果我已经设想过，但我觉得自己再也不会遇到像闫我我这样能让我义无反顾的人了，所以我不想有所保留，不论以后发生什么事，年轻人嘛，总得尽兴爱一场，不然多枉费青春啊。"

· 006 ·

我和Polly轮流给家里打电话。

电话里，她慢条斯理地编织着旅行团的谎言，譬如叔叔阿姨都很照顾我们，导游也没多坑钱云云。

我对她的印象完全颠覆，我从没想过她会是这种Polly，忽悠起人来一套一套的。

我给某人拨了电话，长谈了后半夜。

我问他："国庆七天你都在学校？想家吗？"

他说："以前会想我妈，现在就想你。"

我心里别提多欢喜。

通话结束后，Polly 吐槽说："你可以，跟你外婆聊三分钟，和男朋友聊两小时，一点都不心疼长途话费。"

我不以为耻，笑笑说："我外婆同样的话都对我说过三遍以上了，我没听烦，但男朋友的话我没听够。"

• 007 •

离开热浪岛后，我和 Polly 去了槟城，那是我强烈推荐的地方。

那里有条街叫Love Lane（爱情巷），我们就住在这附近。

Love Lane 的绿色路牌四周，挤满了贩卖街头小吃的商贩，虽没半点爱情气息，光景倒也祥和。

如果我身边有喜欢的人，就完美了。

我拍了张照片，照片避开了所有行人和商贩，只有 Love Lane 一枝独秀。

后来，我给闫我我看了照片，问他："你有没有觉得那个路牌很像我？"

"路牌怎么会像你？你又不是'T'字形的。"

"像，它自己站在那儿，以爱情为名，却那么孤独。"

闫我我沉默了。

过了很久，他轻声说："它像的不是你，它更像异地恋。"

马来西亚 槟城 爱情巷

"走出旅馆后看到了这个路牌，顿时觉得槟城是座懂得浪漫的城。"

马来西亚 槟城

"我住的旅馆位于这条街道上，这里的骑楼就像广州，给了我故乡的亲切感。"

· 008 ·

到马六甲。

马六甲基督教堂，是马六甲标志建筑，又称小红屋。我买了几张明信片寄给闫我我。

大概一周后他收到了，那时我也回国了。

他抱怨说："一开始班长很羡慕我，问我怎么会有国外的朋友，我说是我女朋友寄给我的，然后他说'啊？你女朋友去国外旅行也不陪你啊'，气死我了。"

"别气，下个国庆，我去沈阳陪你。"

·009·

翌年国庆，我去了沈阳。

抵达当晚，我发信息告诉闫我我，火车晚点，至少凌晨两三点才到沈阳北站。

他说好。

八点不到，他打电话告诉我，他已经到火车站了。

我又自责又紧张："我好像告诉过你，火车晚点，要凌晨两三点才到？你这么早到火车站干吗？还要等六七个小时啊笨蛋！"

电话那头，他笑意欢欣，仿佛六七个小时只有六七分钟那么短。

"没关系，我在寝室也待不下去，情愿上这儿等。我先去吃点东西，还没吃饭呢。"

"好。"

结束通话后，我心情越发焦灼，不停地看时间看窗外看手机，每个下一站都有人在等，每一分钟都是煎熬，但每一分钟都是幸福。

·010·

列车终点站在长春，途经沈阳北。

有一对父子和我同车厢，父亲跟我爸爸年龄相仿，儿子跟我年龄相仿。

父亲父爱爆棚，见我和他儿子差不多大，特别照顾我，总关心我饿不饿。

我一直说不，直到晚上，他看不下去了，命令儿子去给我泡碗泡面。

我受宠若惊："叔叔，不用，我自己来。"

"没事，让他去，小姑娘，我看你一路没怎么吃过东西，你不饿啊？"

"没什么胃口，想到沈阳再吃。"

"到沈阳还早着呢，先吃点。我看你不是北方人啊。"

我不好意思地笑笑："我男朋友在大东北上学。"

叔叔似乎看出我焦虑的心情，安慰我说："别急，后面会加速，三点前肯定能到的。"

我沮丧地说："那也很晚了，我男朋友已经到火车站了。"

大概是一路有了这对父子做伴，我的心情慢慢平复。

后半夜，大家都睡了，那对父子也睡了，我靠窗坐着，心里惦着那个孤零零在火车站苦等的人。

凌晨两点，手机响了，不是我的。

当儿子的从中铺坐起，眼神迷离地看了看我，提醒说："你不要睡哟，快到沈阳了。"

我问："你调闹钟起来的？"

他点点头："对啊，怕你睡过去了。"

当父亲的温厚，做儿子的自然也温暖，这大概就是家教吧。

我心里有着说不出的感动。不过是萍水相逢，他们却给了我无法忘怀的温馨。

·011·

这是我第一次到沈阳见闫我我，但不是我第一次到沈阳。

早些年，我和 Polly 去长白山，一路游玩了沈阳、长春和哈尔滨。

我对闫我我提起过这段经历，他当时特不高兴：“整天 Polly、Polly，她又不是你男朋友。”

“嘀，你连女生的醋也吃啊？”

“是，你跟谁好我就生谁的气。”

“那要是我跟我弟特别好呢。”

“那也不行。”

“那可是我亲弟哟。”

“亲弟也没有枕边人亲。”

“嘀，我和我弟可是有血缘关系。”

“有血缘关系也没有用，你能在我面前换衣服，你敢在他面前换衣服吗？”

“……”

他真是我见过占有欲最强的男生了。

·012·

十月初的沈阳不算太冷。

我和闫我我约好，在车站旁的麦当劳碰面。

看见他站在门外，我连忙跑过去，凑到他眼皮底下做了个鬼脸，他伸手握住我的手，笑得像个傻子。

“等那么久，累不累，困不困？”

他摇摇头：“你呢，累不累，困不困？”

我摇摇头：“我现在特别兴奋，见到你好高兴哟。”

• 013 •

学校旁的旅馆条件都不是特别好。

走进房间后，我下意识地朝四下看了看，几根细细的管子横在天花板，导致整个房间有种《监狱风云》的即视感。

旅馆隔音效果不太好，情侣幽会的声音偶尔会在深夜穿墙而来。

某个晚上，我内力耗尽，没能憋住，笑声违背意志地迸出，或许是因为压抑了太久，它一发不可收拾，洪亮又癫狂。

隔壁情侣彻底安静了，他们的心理阴影大概有月球那么大。

闫我我狠瞪我，压着声音批评：“你为什么要这样伤害人？”

我也压着声音：“对不起，我不是故意的啦。”

“跟我说对不起有什么用？人家都不好意思了。都是出来睡觉的，为什么不能理解一下，还有没有公德心？”

我挠挠头：“那要不……我也造点大动作，让他们乐一乐？”

“滚。”

• 014 •

闫我我带我去他学校参观，从教学楼到图书馆，从校园路到学生食堂，从水房到宿舍，我走着他每天的必经之路。

我有了感触，又开始感慨：“原来，你每天给我打电话，就是在这段路上走着？”

“嗯，有时候看到校园里的情侣牵手走过，我就忍不住想，如果你在这儿陪我，会是什么情形。”

后来那几天我哪儿都没去，白天就在学校里待着，假装和他是同学，过他过着的校园生活。

我俩一起去图书馆，一起到教室写课业，一起到体育馆看留校的同学踢足球，一起到超市买零食。

• 015 •

闫我我问室友借了学生卡，把他自己的借给了我，每天和我泡在校园图书馆里看小说。

那段时间我特别迷恋古龙的《陆小凤传奇》，看得津津有味，一天能读一本。

闫我我不太看武侠，他跟我说，最近他寝室长推荐他看一部青春疼痛小说，叫《痛经》。

我咋舌：“你寝室长为什么对痛经这么敏感？”

他翻白眼："这部小说还挺有意思的。"

"你还看完了？"

"对啊。"

"那我也要看。"

时隔多年，我依然记得这本小说的封面，接近荧光绿色，"痛经"二字以粉色的超大号字体印在封面左上侧。

不论我写长篇还是写短篇，都不止一次提起过这部小说。小说的作者是个男生，全文以男主视角进行。

我无法解释为什么这部小说让我如此难忘，以至于我一而再，再而三地提起，可能因为它是我和闫我我一起经历的其中之一吧。

· 016 ·

闫我我学校有条商业街，商业街一旁有家超市，超市旁有个卖奶茶和咖啡的柜台，我认为那里做出的最好喝的饮品是奇异摩卡。

留在沈阳的那些天里，我每天至少买两杯，以至于做咖啡的姐姐都认得我了。

"同学，你和你男朋友天天来，不如我给你推荐个优惠政策吧，我们有一种学生券，一百五十元买二十张，每张可以兑换一杯咖啡。"

"好啊。"我马上掏钱。

闫我我拉了拉我，提醒说："你没几天就要走了。"

"没关系啊，你可以喝啊，你以后想我就喝奇异摩卡。"

"我没你那么依赖咖啡。"

"但你依赖我啊。"

"也对。"

果不其然，在我离开沈阳后，不依赖咖啡的某人像个瘾君子似的，天天跑去买。

"做咖啡的姐姐问我你怎么不去了，她以为我们吵架了。"

"那你怎么说？"

"我说你不是我们学校的学生，你回广州上学了，只是国庆假期来看我，姐姐说真好，我说一点也不好。"

· 017 ·

我坐大清早的列车回广州。

火车站前挤满了人，闫我我拉着我，一直没舍得放手。

我一直逼着自己成为铁骨铮铮的"硬汉"，不做柔弱的羔羊，也不做依人的小鸟，无奈爱情是一针催化剂，我心上有了眷恋的人，便也从此有了软肋。离愁是硬伤，会使我落泪。

那天，我迟迟不肯进站，和他紧紧相拥，难舍难分。

"离别真是太难了。"我说。

他眼角潮湿，勉强地笑笑说："异地恋很磨人，以后我们要天天在一起。"

我坚定地说好，像和他立下海誓山盟。

发车前二十分钟，闫我我一边给我抹泪，一边柔声说：“再不走就晚了哟。”

我点点头，亲吻了他一下，转身走了。

• 018 •

我从小就不是那种爱向父母索取的人，我很少提物质需求，也不问父母要零花钱，他们要是想起来了，会主动给我一点，我通常会攒起来，养肥自己的小金库。

大学的时候手机坏了，我一直没想买新的，我倾向于把钱留在寒假挥霍，异地恋很贵的。

我好几天没和闫我我打过电话，没过几天我收到了一个快递，是一部全新的手机，王力宏代言的。

我给我妈打电话，告诉她手机我收到了。

我妈却没有邀功：“我没给你买过手机，我要是给你买手机，可以等回家再给你，干吗寄快递？”

也对。

彼时某人来信息：“手机收到了吗？”

我十分惊讶，忙打电话：“是你给我买的手机？”

“是啊，没手机不方便，我必须要保证能随时随地联系你。”

“你存款有那么多？”

“足够给你买手机。”

我不太放心：“你会不会没钱吃饭？我看过一些电影，

有些男的为了给女朋友买个破东西，一天吃一顿还要跑去打苦力工，太苦情了。”

“嗬，我不是那种男朋友，我干不了苦力活，我在家也是尊贵的老幺，凡事都有我哥照顾着。”

仔细一想，我开始怀疑钱的来历：“你究竟哪来的钱给我买手机？你每个月的生活费就那么一点，根本存不下什么钱。”

“总爱追究钱的女人不可爱，你能不能可爱一点？”

“不能。”

“OK，你不可爱，那我就不客气了，别像个管家婆一样问问问，试试手机性能好不好。”

“挺好。”

“那就行了。”

• 019 •

我转了笔小钱到闫我我的账上，至少保证他这个月吃饭吃零食都不成问题。

闫我我知道后，狮子开大口：“想还手机钱啊？那得三百万，钱打过来吧，一分都不能少，少一分我都不要。”

• 020 •

后来我才知道，这厮拿了他学车的钱给我买的手机。

以前学车不像现在天价，又是在大学，学费更低廉。

我生气批评他："你是不是疯啦，居然拿学车的钱给我买个破手机，你还要不要学车了？"

"暂时不学了，等毕业再说。反正你会开车，我学不学无所谓。"

"你妈要是知道了，肯定会气死。"

"不会，我已经告诉她了，我用一台手机换一个终身司机，很划得来啊。"

我当时以为那是玩笑，直到玩笑兑现成事实。

闫我我比我晚学车好几年，他刚拿驾照的时候我已经是五年的老司机。不管以后他会不会成为老司机，我永远都是比他更老的司机。

现在出门，大多时候都是我开车。而这厮，要么低头玩手机，要么吃香喝辣，要么小憩片刻做个美梦，可会在车里享受了。

• 021 •

要问我和闫我我是怎么加上对方QQ，得从他的网红属性说起。

那时还没"网红"这个词，连微信和微博都还没开始流行起来，QQ和QQ 空间是所有少男少女线上聊天的主要平台。

我从朋友空间里看到他参与了一个心理游戏：

"×××"发起投票，很邪门但很准！准确率高达

97.36%（你现在的爱情状态）。在下面几组数字中，选择一组你最喜欢的吧。

7800

7105

8561

7906

8683

8005

不少网友参与游戏，我也好奇地玩了一把。

说起来惭愧，我进入游戏发起人的空间，把他的日志和说说都看完了，就是没找到心理测试结果，于是我只好加他QQ，向他索要。

他态度不是很友好，言语间流露出一种“简直智障”的鄙夷。

我一不高兴就回敬了他几句，他不服气，跟我争执了起来。这场Battle持续了两小时，中心思想要总结也很简单：他骂我睁眼瞎，我骂他自恋狂。

再后来，不论在我发日志还是说说，总能在评论栏里看到这厮活跃的身影。他都是第一个评论，连我N年前写的日志，都留下了他浏览的痕迹……

我一定是脑子被门夹了，才会开始频繁更新说说，只为测试一下那个蛇精病会不会给我评论。

风水轮流转，我终于等到他更新日志，一报还一报的机会来了。

这厮在日志结尾中写道：

你越爱我，我越爱她，都不过是自作多情。

真的是失恋吗？也许吧，但那又怎样？我不是少年维特，找不到一把枪自毙，只能找个这样的地方自闭。

我当时的第一念头是，这厮跟谁一见钟情失恋了？他天天给我评论，是因为空虚寂寞冷吗？

我有点幸灾乐祸，又有点不太高兴。身为一个慈祥又爱做慈善的网友，我决定闪一闪人性的光辉去安抚他一下。但我又不好意思太温柔，便笨拙地把热心变成了敌意。

我发出消息——

失恋了？还想找个地方自闭？我该恭喜你还是祝福你呢？

那头他很快回复——

原来你也是我的读者？是不是很担心你的偶像谈恋爱，所以来探听一下虚实？

然后他告诉我，他还没机会失恋，他还没谈过恋爱。

嘛，居然在我面前装小白兔。

我顺杆子往上爬，质问他为什么总在我空间蹦跶。

这厮简单直接又莫名其妙，说——

因为我挺喜欢你的。

我特地看了看回复时间，我的消息发出去不够一分钟他就回复我了。他这么草率，以至于他的话看起来很没有含金量。

谁会把一个网友说的“喜欢你”当成告白？我当然也不会。

但我当时的心脏怕是不太好，居然跳快了几拍。

•022•

我和闫我我都是喜欢写日志的人。

那时我特别愤世嫉俗，日志里的言论总散发着一种愤青的气场，用现在的说法就是 Diss 天 Diss 地 Diss 全世界。

比起我，闫我我的空间和谐多了，他的世界只有自嘲和自恋，总给人一种贱贱的感觉。

有天我特别烦躁，因为白天和室友扯皮，一口恶气憋在心里，越酿越苦闷，导致晚上失眠了，我急需一个倾诉的缺口。

我过滤了网友名单，在几个非主流 ID 里 Pick 了闫我我。没有理由，全凭直觉，我就是觉得他比别人可靠。

我完全忽略了时间，发去一段文字后，没多久就睡着了，醒来后我收到回复——

姐姐，你找我的时间也太有创意了，凌晨两点？

姐姐……

我留意了下回复时间，凌晨六点，这厮是一睁眼就回复我了？

怎么办，我要怎么有面子地解释，自己凌晨两点像个深闺怨妇似的给人发信息？

彼时，某人的 QQ 信息又弹过来，是一串数字。

我发个问号。他也发个问号。

我问——

你的问号是什么意思？

他说——

我的问号，是问你的问号是什么意思？那个是我手机号码。

“我知道，我又不傻。”

“不傻还问？”

我心里那个纠结呀，这厮给我发手机号码是几个意思？是要我有事给他发短信还是打电话？出于社交礼貌，我是不是也该告诉他我的号码？

但我没那么做，反而质问他——

你为什么不能矜持一点，你动不动就把自己的联系方式告诉别人吗？

他说——

我很矜持，没给别人发过，只是刚好想告诉你。

我很想追问："为什么刚好想告诉我？"可我就此打住了。

隔着聊天窗口，我都能感受到某种诡异的暧昧气息正在蔓延。我必须得做点什么挽救局面了。

可我的眼睛很不老实，总忍不住偷瞄那串数字。它的存在像个咒语，刺激着我的脑神经和好奇心。

都说好奇害死猫，我家没养猫，打过去不碍事吧？

我鬼使神差地拿起手机，拨通了某人的电话。

响了好几声，某人终于接听。天知道在这几声漫长的响铃中，我的心路历程有多戏精。

我像个刺客一样，贼兮兮地不肯先开腔。

某人也很贼，连一句"请问是哪位"都没问，就这么静静地跟我耗了很长时间。

我不记得自己和他沉默地僵持了多久，反正是我先投降，挂了。

QQ 上他的信息几乎在同一时间发来——

是你吧。

我说是。

他说：“干吗不说话？”

我说：“你不也没说话吗？”

他说：“明明是你给我打的电话。”

本人深深认同他的指控，但又不太肯服输，于是回复——

没事，就是想听听你的呼吸。

我以为自己说了一句绝杀俏皮话，正自鸣得意呢，下一秒就被某人的坦荡给打败了——

我听够了你的呼吸，我想听你的声音。

哼，他绝对是故意的！

姐姐我什么世面没见过？才不上当呢！

• 023 •

某个夜晚，我心血来潮，再次发动突袭，给某人拨了电话。

这次他很快接听了，但同样默不作声。

我的情况也没好转多少，龟缩得没敢吱一声。

过了很久，我以为这次又要不了了之，正打算挂电话。

他突然说：“你还在吗？”

声音很低很轻，带着几分试探。

当时的情形其实一点都不好笑，可我就是抑制不住地笑出了声，他也笑了，但笑声没持续多久，通话便又恢复静默。

我大脑一片空白，紧张地挠挠头，心脏跳动得厉害。

我问：“我是不是需要说点什么？”

他说是。

我想了想，说：“我很高兴。”

他低声笑了，说：“我也很高兴。”

· 024 ·

后来他也学会玩突袭。如此一来，我们都锻炼得没皮没脸，再也没有难言之隐。

再后来，我们恋爱了。

我觉得很有必要更新来电备注，“神经病患者”已经不太适用于我们的新关系了。

思前想后，我改成了“Mr. Right”。

那年有一首流行歌——《说爱你》，蔡依林唱的，我很喜欢。

事后，我特富有仪式感地向他炫耀，勒令他配合，把我备注为“Ms. Right”。

他很有风骨地拒绝：“这很没有我个人风格。我更喜欢‘女朋友’，你要不要理智跟风一下，把我改成‘男朋友’？”

“不要。”

“原因。”

“男朋友没有Mr.Right寓意好，Mr.Right，一听就是对的人！”

“好土啊。”他分明不乐意。

恋爱中的女孩都是玻璃心，我也是。我很生气，象征性地离线一分钟，要他好好感受一下我的坚持有多么不容侵犯。

几乎在同一时间，手机传来他的信息——

女朋友，上线。

我报复性地怠慢N秒，沉不住气上QQ时，他的消息连珠炮似的涌来。

我板着脸回复——

你看，才在一起一周就出现分歧，往后的日子简直不敢想象。

某人说——

我改了。提个要求，以后不准随便离线，很不喜欢头像突然一黑的感觉。

我说好，如愿以偿地成了他的Ms.Right。当时还挺得意，现在回头看，觉得自己特脑残。

· 025 ·

热恋男女分外敏感，至少我是这样的，我始终耿耿于怀一件事。

“那篇日志到底怎么回事？”

“哪篇？”

“就是你装模作样，说要找个地方自闭的那篇，你是不是空虚寂寞才找我打发时间？”

“我打发时间为什么要找你啊？你脾气又不好。”

“……”

“所以那篇日志究竟是什么意思，你为什么一副失恋惨重的样子？还说什么‘你越爱我，我越爱她，都不过是自作多情’。”

“我没失恋，我就是刚看完《少年维特之烦恼》，觉得很忧伤，想写点东西抒发一下。”

大概是怕我借题发挥、没事找事、没完没了，这厮开始诛心了，用一副谨防文盲的语气问：

“你对德国文学感兴趣吗？听过这部文学作品吗？歌德写的。”

“我岂止听过，我还读过呢！”

“那你还记得它大概讲述了什么吗？”

“当然啊，维特喜欢上一个姑娘，人家不爱他，跟别的男人结婚了。”

“那不就是了。”

“可是……”

“别可是了，那句‘你越爱我，我越爱她’是有感而发。如果我写‘你越爱我，我越爱他’，别人会以为我不喜欢女孩子。”

……可以，求生欲很强。

· 026 ·

我不是善类，某人也不是省油的灯。

那年人们开始改变购物方式，网购渐渐流行起来。那句“亲，在吗”，便是从那年开始盛行。

我最讨厌喊什么亲不亲的了，也不喜欢问在不在，我通常会说“你好”。

那年我刚接触网购，有过体验后便一发不可收拾，我很喜欢拆开快递的瞬间所体验的未知感，说不上为什么，我能从中找到无法解释的刺激……

以至于我开始沉沦网购，那句“你好”时常在指尖。

某个周末晚上，某人上线，我正忙着逛淘宝，收到他的信息后下意识地回复一句：你好。

然后他就沉默了，半天没回我。

半小时后我问他：“在干吗呢？”

他说：“在回味你那句‘你好’呢。”

我感觉莫名其妙："'你好'怎么了，'你好'有什么错？"

他说："我和你不是'你好'的关系，把你的'你好'都留给陌生人吧。"

我能感觉到某人不太高兴。

我试着补救："你好，你最好了，都是我不好。"

某人转瞬晴朗了。

· 027 ·

冬天来了。

闫我我的寝室聚会，届时免不了要喝点小酒。

我早习惯每晚有他陪，腻得恨不得让他长在我身上。他突然要请假，我当然要假装大方点头同意，怎么能让他知道我离不了他。

他刚离线不到十分钟，我就没忍住给他打电话。

他心情很好，问我怎么了，丝毫没察觉到我特别想他，像跟他分开了八百年那么想他。

明明热恋中，好像只有我每时每刻每分每秒都想和他腻在一起。

他那么没心没肺，我只好继续装大方，说："你少喝点酒，不要玩得太晚，十点前就要回宿舍洗漱睡觉。"

他说好。

挂断电话后我郁郁寡欢地跑去看悬疑小说，一本能凶残地死好几个人的那种。我正投入在"谁是真凶"的推理乐趣中，手机响了。

我一看来电是某人，马上丢开了小说接听，看看时间，才八点半。

闫我我的声音有几分醉意，毫无预兆地说：“老婆。”

我猛地挺直腰，像个要向军官严肃致敬的小兵：“喝多了？”

“嗯。”

“在哪儿呢？”

“宿舍楼下，打完电话就上楼。”

“冷吗？”

“有一点点。想你。”

“聚会结束了？”

“还没，想早点回来。”

“聚会好玩吗？”

“不好玩，大家都在谈未来和未来的女朋友，我都有了，和他们谈不来。”

我当时心里别提多得意，但表面上还是要高冷一下：“你先上楼，洗漱完了报告。”

“好，老婆。”

我也鼓足勇气：“等你，老公。”

曾经，我很歧视那些还没结婚就胡乱称呼的小爱侣，如今风水轮流转，事情到了我头上，我竟也未能免俗。我一样会重蹈覆辙，并为此沾沾自喜。

说不上为什么，从一开始我就坚信，未来的某天，闫我我会成为我的丈夫。

结果自是皆大欢喜，从前、未来和他，都没有辜负我。

· 028 ·

寒假。

闫我我从沈阳回连云港，我从广州出发去连云港。我们二人在徐州碰面。

我一出站就给某人打电话，他示意我往前走，走着走着，我一头撞进一个人的胸膛。

我甚至没来得及看清来人的脸，耳边就响起了熟悉的声音：

“想死我了，想死我了。”

我不自觉地笑了，在他怀里感到特别满足。

他穿着黑色呢子大衣，抱起来特别舒服。

冬天的他比夏天好看，可能因为衣服穿多了，看起来没那么单薄。

他把我的手揣进外套口袋里，接过我的行李带我往前走。

冬天了，衣服厚，这次我带了行李箱。

春运前也不容易买票，我买不到 T161 的票，这回坐了别的列车，到徐州已是深夜，开往连云港的末班车早就走了，我们要在徐州小住一晚。

酒店环境不错，主色调是咖啡色，灯光黄色，风格有点古风，又有点日本风，我拿捏不准。

整个房间看起来有种莫名其妙的宁静致远感，我连大声说话都不敢。

“怎么样，还行吧？”某人特自信。

我捧场地笑了笑：“是很不错，这种房间你是要我睡觉还是要我禅修啊？”

“……”

• 029 •

买了午后的车票回连云港。我靠车窗，他靠过道。

司机开车后不久，我忍不住傻呵呵笑了。

闫我我瞅我一眼：“在想什么低级的事？”

“你。”

“……”

“我在想，第一次去你家的时候，我孤零零一人，从这儿坐大巴去连云港，你发短信陪了我一路。这回好啦，你就在我身边陪着，触手可及，和你一起回家的感觉真好，心里特别踏实。”

闫我我趁火打劫：“那你每年都来啊，从放假待到开学最好，或者我去也行。”

“不行，你父母已经给我压力了，我父母也会给你压力，等你毕业了再去。”

第二章

小白领和工程师

· 001 ·

不少建筑工程公司到闫我我的大学举办校园招聘会。

那天，我一直守着手机，等闫我我来电，急着想知道他的面试结果。

下午他来了电话，情绪极其低落。

我暗道一声不好，担心地问："情况怎么样了？是不是别人歧视你的体重，觉得你太瘦了，不太适合做工程，没公司肯要你？"

"不是，做工程又不是搬砖，不是光靠高大威猛就能应聘上的。有好几家公司愿意录用我，但是离广州最近的一家在长沙。广东那边的公司来东北招聘的不太多。"

呼……我松了一口气。

他好歹在毕业关头找到了工作，不用面临就业困境，这是好事呀！

"那你怎么一副吊丧的样子？吓我一跳，还以为你落选了。"

"我在你心里这么弱？"

"不是，是你的情绪给了我不太积极的暗示，你在我心里永远是最扛打的排骨精。"

我用一贯的嬉闹语气和他开玩笑，可闫我我就是笑不出来。我越替他高兴，他越消沉。

久而久之，我也没了兴致："到底怎么了，你怎么好像不太高兴？”

电话那头的人迟迟不说话，过了好久，沮丧地叹息一声，说：“对不起。”

“为什么要说对不起？”

“我原本以为，毕业后会到广州工作，能天天和你在一起。”

“没关系，长沙离广州很近，有动车，两三个小时就到了，比沈阳到广州近多了。”

“对不起。”

“别再说对不起了行不行？”

“我爱你。”

• 002 •

到总公司报到前，闫我我打算先来广州和我小住一阵。

他把多余的行李寄回连云港家里，然后直接从沈阳出发，坐火车过来，要三十多个小时呢。

在他买票那天，我也暗搓搓地跑到火车站，买的是他乘坐的那趟列车，他从沈阳北到广州，我从长沙到广州。

我问售票员：“11 车厢还有没有票？我男朋友在那个车厢。”

售票员愣了愣，大概是被我殷切的眼神感动了，点点头：“同一车厢的只有上铺了。”

“上铺也可以，我可以爬。”

售票员笑笑，帮我出了票，告诉我异地票要多收五元手续费，我说好。

在闫我我出发后第二天，我也到了长沙。

我一个人转了半天，他不时来短信、来电话，问我在干吗、吃饭了没、在不在家，我都统统敷衍过去了。

晚上过安检，生怕四周的广播声会引起他的注意，他来的好几个电话我都没敢接，短信也不敢回。

他的电话来得越来越凶，我心里有点慌，但还是接了。

他有点紧张有点担心也有点生气，劈头盖脸地问："你在哪儿？我到长沙了，明天就到广州，你那边怎么那么吵？"

我说："我和朋友还在外面玩。"

"打算几点回家？"

"快了。"

"快了是几点？"

"马上。"

"嗯，马上，这都几点了，赶紧回去，打车回去，我等你上车了再挂电话。"

候车室又响起广播，我二话不说把电话挂掉，希望他没听到播音，不然我给他的惊喜就不那么惊喜了。

他似乎察觉到异样，不停地给我打电话，我索性关机，吓唬吓唬他，反正没几分钟就要见面了。

我上了车，兴奋地朝他的铺位走去，却没看到人。

我在过道的座位坐了一小会儿，他从过道另一头回来，盯着手机闷闷不乐，一抬头，看见我托着腮眨巴眼的样子，愣了愣，旋即眉开眼笑，欣喜若狂，大步走了过来。

我冲过去抱住他，和他靠一侧站着，放低声音问：“你刚刚在电话里那么生气，是不是怀疑我和朋友出去鬼混了？”

“我是担心你夜归不安全。”

“屁，你就是把我往坏处想。”

“你什么时候到长沙的？”

“中午就到了，我自己逛了一下午，到了橘子洲和岳麓山。”

“哼，也就是说你从中午开始就一直撒谎，还敢不接我电话，你查查看，刚刚我给你打了多少电话，至少有二十个了吧？”

“我是想给你一个惊喜！我装了一下午也很累的好不好，心理压力特别大了，就怕一不小心露出马脚。”

闫我我早就消气了，心情大好，犹如收获了一份大礼。

乘务员推着购物车过来，闫我我招招手：“来两碗泡面和两瓶可乐，我们要庆祝一下。”

“庆祝什么？庆祝你找到了工作？还是庆祝毕业？”

“庆祝团圆。”

因为场地限制，当时没能吃上精致的菜和鲜甜的汤，不过彼时彼刻，即便是泡面，我和他也心满意足，吃得格外香。

· 003 ·

闫我我住我家。

我妈像所有家长一样，提出了那个经典问题——

“在哪儿工作啊？”

闫我我特有底气，说自己是土建工程师，将会在哪家哪家公司上班。

我妈不停地对他上下打量：“你怎么也这么瘦？以后得多吃点啊。”

闫我我说：“我吃得很多，就是不吸收，长不胖。”

我妈一脸嫌弃：“你们两个都这么瘦，以后怎么生小孩啊。”

某人一脸自信：“我只是瘦了点，但很健康，不影响生小孩。”

“……”

· 004 ·

直到上班了才知道，闫我我连周末固定的双休都没有，一个月能有一两天假期，就要谢天谢地了。所以每次都是我去长沙看他，至少我有双休日。

当土建工程师特别辛苦，一旦工程开始了，闫我我便处于二十四小时随时待命的状态，一接到电话就得马上赶往施工现场。

我第一次去长沙那天，闫我我在加班，没办法来接我。

出南站后我直接去了酒店，一个人无聊地刷着网页，直到天完全黑了，才有人来敲房门。

我连忙跑去开门，闫我我站在门外，一句话都没说，进门后一把抱住我。

我以为他会说“我好想你”“终于见到你了”之类的温情话，但他却说：“你明明每周都有假，为什么不早点来看我？”

“因为我没钱啊。”

“我有啊。”

“刚出来工作不容易，你又是一个人在外打拼，不像我，在广州凡事都有家人照顾，你要多留一点钱，不能全花在女朋友身上的。”

“对，得攒钱结婚了。”

他朝我摊摊手，我习惯性地伸手握住。他一把甩开：“谁要你的手啊，我要钱。”

“要什么钱啊？”

“住酒店的钱，以后约会你付钱，我的钱是不动产了，要到结婚那天才能启用，还钱！”

我反手给了他一巴掌。

• 005 •

就算是周六，闫我我也要上班。中午陪我吃过饭，他又回工地了。

我四处转了转，在他项目附近找到了一家罗莎蛋糕店。我点了杯海盐芝士，觉得特别好喝。

闫我我下班来接我时，我捧着杯子赞不绝口：“这个好好喝，以后每次来长沙，我都要喝。”

闫我我转身走到柜台点了一杯，喝了一口递给我：“味道还行，这杯奖励你，有了我的加持，这杯肯定比你买的好喝。”

之后每一次，只要我到长沙，总嚷嚷着要喝海盐芝士。

说起来奇妙，关于我和闫我我的回忆，似乎有不少咖啡的味道。

在我们上大学的时候，我最喜欢喝他学校的奇异摩卡，后来出来工作了，我喜欢喝罗莎的海盐芝士，或许是因为，这些咖啡里，有他和我的共同回忆吧。

• 006 •

星期天晚上我就要离开，那天我很早就醒了。或是因为离愁太重，惊扰了清梦。

我睁开眼，看看身边躺着的人，唤醒他：“该起床了，今天不是还要加班吗？”

他向我挪了挪，脸埋进我颈窝，用近乎哀求的声音说：“不要走。”

我叹息：“我明天要上班。”

“我知道，可是就是不想你走。哪怕我天天加班，但知道有人在等我，下班的心情就特别好。”

下午闫我我请了半天假，送我到长沙南站。

排队取票时，他一直低着头。我知道他难过，也懂得他煎熬。

那一刻，一个感性的念头从我脑海里冒出，最终击溃了仅存的理智。

到我取票时，我态度坚决地对售票员说：“我要改签。”

然后回头，看看那个喜上眉梢的人：“我今晚不走了，明晚也不走，我向领导请两天假。”

“能不能请一周？”

“你别得寸进尺。”

“哦……”

• 007 •

早在我工作之前，我爸就送了我一台车。

养车特别烧钱，又是在广州，外出停车费又特别贵，还有保养费、保险费、违章罚款等费用，一年没几万下不来。

所以当时，我爸提出要给我买车的时候，我一口拒绝了，因为我有一个异地恋男朋友。

异地恋更需要经济基础。当时还是学生，我和闫我我零花钱再多也是有限的，好不容易把省下来的钱用作路费和约会花费，实在没闲钱养车。我又不能跟父母说：“爸妈我谈恋爱了，多给我些零花钱吧。”

毕业后我到一家商业地产公司上班，公司主要经营和开拓商业综合体，我负责百货的营运工作。

尽管经济独立了，但应届毕业生薪水微薄，我又要养车养自己，手头总是很拮据。

我特别好强，爸妈每每问我钱够不够花，我总说够，不肯接受他们的援助。我弟似乎很懂得我心里的苦，有天晚上跑来敲我的房门，随意在我床边坐下，问：

“你一个月工资多少？”

“三千二。”

“这么少你怎么养车？”

“亏待自己，就能养了。”

“我有零花钱，我每个月给你一点？”

“不要。”

“哎，在钱面前倔什么。小时候你总教我，看到长辈要喊恭喜发财，这样才能多赚红包，现在怎么变了？”

“因为我现在要脸。”

• 008 •

工作后，不时会有部门聚餐。闫我我很霸道，每次都不让我去。

我抱怨：“领导刚刚开玩笑，说我总缺席，要罚钱。”

“罚，我给。我不开玩笑，我认真的。”

“干吗不让我去？”

“这些聚餐哪次不得喝酒？你部门大多是男同事，我不放心。”

“我不喝酒不就好了？就算我的同事大多是男的，我又不是国色天香，你还怕我吃亏啊？”

“我就不喜欢你和一帮男的坐在一起。不许去！”

“你知道你这样很不讲理吗？”

“知道，可我也没办法。”

• 009 •

因为工作原因，不少同事加上我 QQ。

闫我我特严肃地警告道：“工作是工作，生活是生活，下班之后不要再想工作的事，知道了吗？”

“知道。”

“你确定？”

“确定。”

“能做到吗？”

“能啊。”

“好，既然下班之后能不谈工作，那下班之后，你和同事也没什么好聊的了。下班以后减少联系，不联系最好。”

“女的也不行吗？”

“女的可以。”

“……”

·010·

做百货的营运工作，有两个好处，一是累了我可以不坐办公室，到卖场里转几圈，查楼层主管的岗，也查导购员的岗；二是但凡有促销活动，我都能第一时间知道。

有个同事和我特别要好，她能烧一手好菜，我觉得她以后肯定会是别人的好太太，所以总喊她小媳妇。

小媳妇个子比我稍矮，身材微胖，但跑起步来并不笨重，且还跑得挺快。她处事果敢果决、雷厉风行，是个很优秀的百货管理者。

最重要的是，她交谈的措辞和我一样，又重口又奔放。最最重要的是，她也有个异地恋男朋友。

公司离我家不算特别远，但下班高峰期堵车堵得厉害，我每晚要开一个多小时的车才能到家。如果加班到很晚，我通常会住在小媳妇那儿。

小媳妇不是本地人，她在公司附近租了房子，步行十多分钟就到。

下班前十分钟，小媳妇从卖场回来，到办公室找我，说："老万回郑州上班了，今晚好寂寞，你要不要来我家？"

"不要，我没带内裤，没有换洗的。"

"那就不换，内裤一点也不重要。"

"对女性来说还是挺重要的，不注意卫生很容易得妇科病。"

“那要不你学学那些男的，没带备用就反过来穿？”

“……”

坐我附近的同事看过来，表情很诡异：“你们俩在聊什么？”

我讪讪地笑了笑，没好意思加以解释，小媳妇却好意思补刀：“她没带内裤就不陪我睡，太矫情了。”

经不住她软磨硬泡，当晚下班我买了包护垫，和小媳妇厮混去了。

我一边到菜市场陪她买菜，一边打电话向闫我我报到：

“老万回郑州了，小媳妇不想独守空房，今晚我陪陪她。”

“那你问问她换过床单没。”

“为什么啊，这样好奇怪，人家还以为我嫌她脏呢。”

“不是嫌她，是嫌他们俩，她和老万恩爱过的床，你好意思睡啊？床单必须换。”

“好……”

他真的想好多……

· 011 ·

小媳妇喜欢看韩剧。

晚上，我靠着床头和某人视频，她盯着电脑，两眼放光，像个在赛马场上叫嚷的赌徒：“上啊，快上啊，亲她！”

“哎呀哈哈哈！亲上了！表姐，你快来看！他们亲上了哈哈哈哈！”

“……”

闫我我皮笑肉不笑：“你们那儿隔音好吗？”

“不太好。”

“邻居没意见吗？”

“住隔壁的都是同事。”

“同事就不能有意见了？”

“上回小媳妇打老万忘了关门，被同事看到了。”

“……”

·012·

我刚工作那两年特别拼，在岗位上通宵达旦是常有的事，同事都称呼我表姐，因为我特别擅长做表格。

部门新招了一个楼层经理，性别女，代号时髦，因为她总说别人不会打扮。

中午休息时间，女同事喜欢围在一起谈八卦，从娱乐明星到公司绯闻，应有尽有。

直到某天，时髦突围而入，挤到了我旁边，一边听着大家谈话一边伸手摸了摸另一侧同事的头发，冷不丁说：“你这个发型不适合你的发质，太难看了，下回我做头发，带你换个发型吧。”

没多久，那个同事果然换了个发型，一下子老了二十岁。

时髦立下了“汗马功劳”，觉得很有必要继续拯救公司女同事，终于把魔爪伸向了我。她投诉我上班穿着刻板。

我说："这是工装……大家都穿一样的啊。"

她说："对，问题就在这里，你应该建议领导给我们换新工装。表姐，你是不是做表格做傻了啊？"

"我没傻，我是没这个胆。公司上下那么多员工，换工装不是随随便便的事，那是一笔大开销啊。"

"怕什么，又不花你的钱。你没胆我借你胆。"

我拒绝了三天，她就缠了我三天。

我找闫我我吐苦水，他给我支了一着——"你就骗她，说领导让她自己找他谈，不就把问题转移了嘛。"

第二天，时髦又来纠缠，我眼尖地看见领导，马上大喊："领导，时髦有事找你！"

时髦愣愣看我，目瞪口呆。

领导怔怔看我，满脸疑惑。

我悄声对时髦催促："你不是要换工装吗，我跟领导提了一下，领导让你自己找他谈，你去找他吧。"

时髦硬着头皮去了。

事后，时髦不来烦我了，领导却来找我了。

"是你怂恿她来跟我谈换工装的事？"

我低下头，愧疚地说："不完全是这么回事。"

我三言两语解释完，领导听完白我一眼："你觉得她烦，就让她来烦我？”

就是这么回事，我无法开脱。

领导又看我一眼：“你以前不是这样子的，烦琐事都帮我顶着，这次怎么甩手了，就这点小事还解决不了吗？”

“领导，我错了。我……听信了……男朋友的谗言。”

“哦，那下回部门聚会把男朋友带来。”

“你想干什么？”

“见见他。”

“……”

我领导四十多岁，对我特别关爱，浑身散着父爱光辉。

• 013 •

我们部门是个大部门，整个分公司就数我们部门事情最杂，人也最多。

除了性感的时髦，我们部门还有一个离不开镜子的靓靓。

靓靓是音乐学院的毕业生，歌唱得好，人也漂亮。她是实习生，刚好轮岗到我们部门。

谁说男同事都爱与漂亮女同事搭档？至少在我们部门，不存在的。

私下里，我的同事都开玩笑说：“我们部门把女人当男人用，男人当畜生用。”

我和小媳妇，无疑是部门里合格的“男人”。但靓靓就不一样了，她始终保持着女性的本真。

做百货管理，当值期间守在现场是职责之所在，导购员上洗手间都要打报告，更别说管理人员了。

靓靓经常开小差，好几次领导巡查都没看到人，同事通过对讲机呼叫她，她置之不理，电话也不接，整个部门动员全体一顿好找，最后在女洗手间发现了她，她在补妆。

一楼黄金珠宝区是职业小偷眼中的肥肉。由于靓靓忙着扮靓，我和领导商议后，把她调到四楼内衣区，让她做回小女人。

四楼都是女同事，女汉对女娇，就不那么客气了。

有回晚班交接，靓靓坐在工位上化妆，硬是让女汉在一旁干等。女汉火山爆发，在大办公区扯着嗓门质问她："你的脸是怎么回事？有那么丑吗？为什么每一分钟都需要补妆？！"

或许认为对方是无理取闹，靓靓看都不看一眼。

同事抢过她的镜子，愤愤然扔进了垃圾篓。

靓靓拍案而起，当场哭了。

其他部门都在看我们笑话。

我是我们部门里唯一一个需要整天待在办公区里的人。我马上走过去拉开靓靓，顺手从垃圾篓里捡回镜子还给她："你先回去，一哭妆都花了，不好看。"

靓靓离开后，我安慰女汉同事："你别气，这是她最后一天在我们部门上班。"

我打电话和领导交谈了两句，领导对我十分信任，让我全权处理。

我在人力资源部待了一刻钟，第二天靓靓到了行政部。后勤部门更适合她，她终于可以美滋滋地上班，不用干卖力的活儿了。

后来，我和闫我我谈起这事。

“靓靓真是个精致的女孩，虽然她工作表现一般，但我还是挺欣赏她的。站在她的立场，她可能觉得，自己为了保持这份美丽，不惜承受同事的白目和工作的压力甚至是领导的打压。如果我也是这种女人，你会不会更喜欢？”

“不会。”

“怎么可能？谁不喜欢会打扮的女人啊，你就别装脱俗了。”

“嗬，如果你能更注重自己的形象我会很欣慰，但你邋里邋遢、毛毛躁躁的样子我早就见惯了。我或者会欣赏漂亮的女人、精致的女人、各种各样优秀的女人，但我只爱你。爱就是爱，不是别的女人穿上好看的裙子就能够超越的。”

• 014 •

又是一年国庆，闫我我终于有了小长假，能到广州看望我。

我从事百货行业，逢年过节反而要加班。十月一日，我照常八点起床。

闫我我也醒了，和我一起换衣服。

我好奇地问："你要去哪儿？"

"和你一起去公司加班。"

"一整天？"

他点点头："对，一整天。"

"你不嫌无聊啊？"

"你公司是个综合体，有吃的有喝的还能逛街。我先去看看男装，累了到星巴克坐会儿，实在无聊还能去电影院看电影，然后中午一起吃饭。"

"好。"

我穿好衣服，高高兴兴地和某人一起出门。

• 015 •

我平日的工作大多是做文案、做表格和负责部门管理，卖场管理极少参与。但由于部门的同事都来加班，我也不愿搞特殊。

国庆那天我没太多文案工作，索性到卖场转一转，查查管理人员的岗，看看专柜销售情况。

没想到会在一个女装专柜碰到闫我我。

"你在干吗？"一看见他我就忍不住走近。

闫我我正盯着两件卫衣："你喜欢深蓝色还是白色？"

"都喜欢。"

"不能买两件，你卫衣太多了。"

“太多干吗还给我买？”

“送你一点新鲜感。”

由于在上班，我忍住没扑上去亲吻他。

他看看我，催促道：“两个颜色选一个，白还是深蓝？”

“白色。”

“不行，你太脏了，吃东西总弄到衣服上，给你买深蓝的。”

“你都有主意了，干吗还问我！”

“彰显民主啊。”

“……”

• 016 •

楼层主管经过，看见我在专柜，打算进来打个招呼，发现我正和一个身形消瘦的男人谈话。纵然是女汉，也有女性该有的八卦触角。

楼层主管没问我那是谁，一副公事公办的样子询问导购员专柜销售情况。

导购员特老实，一五一十地汇报：“刚开了新单子，表姐的男朋友埋单。”

楼层主管朝我眨眨眼：“表姐，不打扰你了，中午你肯定不和我们一起吃饭了吧？”

我走出专柜冲她背影喊：“×××，我也有好好加班的，我不过就是巡场的时候碰见了男朋友！”

·017·

不一会儿，整个部门都知道我男朋友在公司卖场。

我回到办公区，同事故作体贴地问我："你男朋友是不是要在卖场待一整天？要是手机没电了，可以让他来办公区充电啊。"

"好。"

"要不中午，你带上他和我们一起吃饭？"

"不好，他不习惯社交场合。"

"我们又不烦他。"

"你们不烦他，但会烦我啊！"

同事贼兮兮地笑了，我赶紧打开表格，假装工作很忙。

·018·

世纪级尴尬事发生了，我觉得这是我这辈子闹过的丢人的笑话之一。

那天下午，临近下班，闫我我正坐在星巴克，发着 QQ 信息和我商量下班后的娱乐活动。

彼时，部门群信息一直在弹，我不小心点开，不知道在鬼使神差间进行了什么操作，我发给闫我我的信息居然到了部门群里——

老公，想看电影吗？

紧接着，同事开始车轮战作妖。

同事 A 回复：好呀好呀，看什么电影？

同事 B 回复：讨厌，当着这么多人的面公开我们的关系。

小媳妇回复：我不要去看电影，我要和你去希尔顿。

我当时想，如果我退群，领导会理解吧？

• 019 •

工作期间，除了闫我我，和我联系最多的就是领导。

公司会议进行时，闫我我忽而发来短信：

“想你。”

毕竟在开会，我不敢明目张胆，放低了手机，指尖飞快地回复：

“我也想你。”

闫我我没再继续，会议结束后我看看手机，整个人都不好了。

我把信息发给领导了！

我手都哆嗦了，连忙给领导发短信解释，我打错字了。

我家领导不是个好人，连个台阶都不给，回复道："依我看，你是发错信息了吧？"

我恼羞成怒："领导，明天没人给你泡茶了。"

领导回复笑脸外加一段文字："如果我告诉你，这不是你第一次发错信息了，你是不是打算辞职？"

"是！"

"那我就不告诉你，这不是你第一次闹乌龙了。"

"我还是要辞职！"

"年轻人不要冲动。"

这是我这辈子闹过的丢人的笑话之二，没有之三了。

· 020 ·

信息"车祸"之后，我急需寻求安慰，于是打电话给闫我我。

工地那头传来嘈杂声，很显然他正在忙，我决定不拿这点琐事烦扰他。

"没什么事，等你忙完了再说。"

"慢着，我刚刚给你发短信，你怎么不回？"

我哭丧着脸："如果我诚实地告诉你真相，请你千万不要羞辱我。"

我三言两语还原了事故经过，闫我我听后倒没有笑我，只是有点阴阳怪气："我希望你的领导不会把这视作职场骚扰。"

"不会，他知道我有男朋友。"

"呵呵，对，你这种聪明豆也能找到男朋友？谁会相信。"

"……"

第四章

爱给你，嫁给我

美国 西雅图的公寓

“我曾许诺过桑德拉，会带心仪的男孩来见她，最终没能实现，她没给我时间。”

• 001 •

我在美国西雅图住 Homestay，我的房东桑德拉是巴哈马人，她九岁移民英国，后来又到了美国。

桑德拉是我遇见的最了不起的女性。

她很会打扮，外出的时候从头巾到袜子都搭配到位。她有点胖胖的，我一直看不出她的真实年纪，一开始我以为顶多也就四十多，绝对不会超过五十，后来才知道人家都六十二了……

一次她电脑出了故障，她拿着电话从中午聊到晚上。

我表示十分惊讶：“电话远程教你修电脑？”

“不，他远程帮我修电脑。我打电话到印度总公司了。”

“……”

当时我就特佩服她老人家，没想到更厉害的还在后头。

有一回我住的那一区停网了，我急得不行，告诉桑德拉，我的 Deadline 是晚上七点前，现在都快六点了。

桑德拉说：“别急，我看看能不能给你变个魔术，我打电话去印度问问。”

我不知道那头的印度哥哥使用了一波什么操作，美国这边我所住的房子来网了。

我不可置信，欢呼一声，冲过去抱了抱桑德拉。

桑德拉一脸骄傲地说：“你信不信，这一区就我们的房子恢复了网络。”

信信信，我当然信！她最牛了！

• 002 •

第一次见桑德拉那天，外头下着雪，我从机场附近的酒店坐出租车直接到了她家。她家在西雅图南面，四周环境很好，还有专门给住户遛狗的场地。

起居室有很多花，尽管是假的，但比起外头的雪，屋里倒是添了几分春意。

桑德拉带我到房间，房间里有很多镜子，柜子是自带的，压根儿拆不下来。

她有点紧张地问：“这个房间住过日本人、中国人，她们都搬走了，说害怕，我也不知道她们害怕什么。你害怕镜子吗？”

我说不怕。

她松了口气，然后我就住下了。

跟闫我我视频，我 360° 无死角地给他看了房间。

“怎么样，我的卧室像不像老巫师的作法现场？”

某人特担心：“你确定这个房间你能住？你不怕吗？”

“不怕，我不信邪，我不怕镜子。”

“不是镜子，是你半夜起来，会不会被镜子里的自己吓到？你有多可怕你自己不清楚？”

“！！！”

· 003 ·

和我一起住桑德拉家的，还有一个日本姑娘和两个沙特阿拉伯男孩。

男孩们住地下室，平时很少上来走动。

日本姑娘和我一样，每晚都和男朋友视频。

有一阵子家里的气氛是这样：房东坐在在中间的沙发上看电视，我坐在左侧靠近门口的单人沙发上，和闫我我视频，说一口中文，Yuko 坐在右侧的长沙发上和她男朋友视频，说一口日文。

有一晚等 Yoku 回了房间，我问桑德拉：“你想不想我待在房间里视频？”

“为什么？你只有跟我生气的时候才会躲在房间里。”

“我怕影响你看电视，你现在的处境是，眼睛前是英文，左耳中文右耳日语。”

“我很享受这样的夜晚，我们互相陪伴，又各自做着自己的事。我如果不喜欢家里有外语，我就不会选择和留学生一起住了。”

我移了移电脑，视频对准桑德拉，让闫我我跟她打招呼。

桑德拉特别热情，问他：“你会来西雅图吗？你可以住我家，但我要额外收费。”

“可以。”某人特有气势地说，“我不需要打折。”

美国 西雅图的公寓内部

"无数个日夜，我在这写稿，看书，和想念的人视频聊天。"

• 004 •

Yuko 是个特别会做饭的女生。

曾经一度，我一天的盼头不是和某人视频，而是回家后，Yuko 在厨房里为我准备的晚饭。

我向闫我我炫耀：“你知道和一个贤妻良母型的女孩同居是种什么体验吗？”

某人板着脸：“不知道，至今没体验过。”

当时我忙着喝汤，没细细回味他的话，自顾自地炫耀说：“你知道每天回家都有可爱的女孩给自己做饭是种什么体验吗？”

某人的脸色越发难看：“不知道，没这福气。”

我特得意地说：“这种感觉啊，特别幸福。Yuko 今晚教我做味噌汤和日本沙拉。”

“那你学会了吗？”

“好像会，又好像不会。”

“都有哪些步骤你记下来了吗？”

“没有……你这么问，我好像确定了，我忘了怎么做了。”

闫我我嫌弃地摇摇头：“你知道和一个只会吃的白痴一起生活是种什么体验吗？”

“……”

“你知道我还打算娶一个这样的聪明豆回家是种什么体验吗？”

“……”

“人生真的好艰难哟。”

“你滚！”

• 005 •

那两个沙特男孩一个叫 Abady，一个叫 Ameen，他们很少露面，多数时间都待在地下室。

我刚到的第一天，Abady 把他的名字写给我，我说：“你的名字叫‘一个宝贝’啊？”

他笑笑说：“不是，不过很多人都会念错，我的名字正确的读法是‘阿巴迪’。”

我茫茫然点点头，转头又忘了 Abady 的正确读法，可又不想叫他“一个宝贝”，毕竟我心里有人了，总觉得这称呼别扭。

有回我一着急，喊人家“阿迪达斯”，好在当事人不在场。

桑德拉皱眉问我：“‘阿迪达斯’是怎么一回事？”

我比画说：“就是那个头发卷卷的，眼睛大大的，个子不高的，住在地下室的男生。”

“你说阿巴迪？”

“对对对，阿巴迪，这回我一定记住他的名字。”

• 006 •

知道桑德拉家还有两个男孩住地下室后，闫我我有点不太高兴。

“晚上睡觉你把房门锁好。”

“没事，别担心。”

“还是要担心的，万一他们饥不择食呢？”

我恨不得把他揪出屏幕胖揍一顿。

“他们不会做出这种道德沦丧的事，在他们的国家，男女双方都不能发生婚前性行为，一旦被发现，是要接受相应处罚的。”

“哦……”某人半信半疑，“大概是什么处罚？化学阉割吗？”

“我不知道，我没问。”

“你去问问？”

“……”

“我为什么要去问这种问题？！”

“确认一下，对你对我对他都好。我想知道处罚的手段是否足以让他们守身如玉，说不定经你这么一问，他们就更加警觉了。”

“不问。”

“问。”

“不问，万一别人觉得这是种冒犯可不好。”

“你态度谦逊一点，笑容友善一点，不就好了？都是出国留学的人了，怎么一点求知欲都没有。”

“滚。”妖精！

· 007 ·

有回我在厨房冲咖啡，阿巴迪刚好从地下室上来找吃的，于是和我在厨房里闲聊起来。

他冷不丁问我："你能帮我收拾一下房间吗？"

我愣了愣，问："为什么？"

"你在你中国的家里有用人吗？"

我说没有。

他有点惊讶："你家连用人都没有吗？我家里有用人，我从来不干家务活，那都是女人干的事。"

我问："在你家里，会有女性骂你吗？"

他说没有。

我说："在这里有，如果你敢惹我的话。"

后来我把这件事当笑料告诉桑德拉，桑德拉说："他有一次让我给他洗衣服，我让他付钱，他又不肯，简直是个吝啬的浑蛋。"

我以为这件事就这么过去了，但并没有。

地下室过道左侧是男孩们的房间，他俩睡一屋，右侧是洗衣间。

有一晚我下楼洗衣服，经过过道时，一只老鼠从阿巴迪房间溜出来，从我脚边跑向了车库。

这辈子我最怕的就是老鼠。我这么说吧，我觉得老鼠比鬼还可怕，可想而知我怕到什么程度。

我当场尖叫一声。

桑德拉从楼上下来，阿巴迪从房间出来，纷纷问我："怎么了？"

我按捺住恼火，问阿巴迪："你房间是不是有老鼠？"

"是，不过它跑了。"

桑德拉听说房子有老鼠，自然很不高兴，径直走进男孩们的房间，我尾随在后入内围观，登时被眼前的景象吓了一跳。

我这辈子没见过比这更乱的房间。

地上堆着衣服，床上也有，床头柜上也有，衣橱大概一直是开放状态，吃完的零食随手扔在一边，床上有薯片的碎片，枕头和床单污渍斑斑。

阿巴迪有抽烟的习惯，烟头到处扔，整个房间乌烟瘴气，我在里头待了一会儿，感到很作呕，连忙退了出去。

我跑上楼，把所有卧室的门都关了，以免老鼠进入，然后又下楼，忍受着对老鼠的恐惧走进洗衣间，把衣服丢进了洗衣机里。

桑德拉和男孩们的交谈从走道传来，她要求他们当晚把房间收拾整齐。

两个男孩敷衍附和，之后过去两天，他们的房间还是老样子。令人无奈的是，他们根本不为此而感到羞耻，房门正大光明地开着，生怕经过的人搞不清楚里头的状况。

终于我忍不住了，催促他们：“你们什么时候能把房间收拾好？都招老鼠了，让这家里的其他人怎么住？”

他们一动不动。

我越发恼火，非常不客气地说：“如果你们不收拾房间，那我就会收拾你们。我会像清理扫垃圾一样把你们清理出这所房子。”

阿巴迪挑衅说：“这房子不是你的，你做不到。”

“我做得到。”

“How？”

“很简单，我住这里，我给房租。我给房租，就有权对这个房子提出基本的环境要求。如果这房子有老鼠，我会选择搬走，我相信 Yuko 也会，你觉得桑德拉会留下两个整洁的女孩，还是留下像你们这样的浑蛋？还有，你们别忘了，你们能够住在这里，是因为我爱桑德拉，我没有举报她接收男生。现在，你们还要怀疑，我能不能把你们赶出去吗！”

我不彪悍，但我很强悍。我很高兴那两个浑蛋终于找到了清洁的动力。

桑德拉之所以不缺乏学生源，是因为她和很多留学机构合作。那些机构要对留学生的安全和留学生的父母负责，通常不允许寄宿家庭男女混住。

那天吼过地下室的男孩们之后，他们百分百找桑德拉抱怨过。

事后桑德拉笑着跟我说："你能不能让他们吃完饭把自己的碗洗了？他们每次都扔在水槽里等我洗。每个留学生都能自己整理，他们却不能。"

之后，我和桑德拉达成默契——凡事我唱红脸，她唱白脸。我们二人合作无间，捍卫了房子的秩序。

主要是她已经六十二了，我怕她吼人会高血压。

• 008 •

和闫我我视频，我喋喋不休地说着地下室的坏话。

某人一边听一边笑："你是不是骂过他们了？"

"你怎么知道？"

"上回你回国，你妈把家里弄得乱七八糟的时候，你就差点没忍住要吼她，对别人你更不会客气。"

我气结："那两个男孩比我妈可怕。我妈只是乱，但不脏。"

说起上回回国，我从西雅图飞北京然后转机回广州，身体虽然累但心情特别好，闫我我来机场接我，我妈也来了。

我妈非不让我回家住，要我和闫我我先到酒店住两天。

我表示非常困惑："妈，我想见外婆，你干吗不让我回家啊？"

我妈说："你想外婆可以明天请她喝早茶，今晚你先和小闫聚一聚，我给你们订了星级酒店。"

我和闫我我一脸蒙。

谁会想到，我离家大半年，好不容易回家一趟，亲妈居然要我住酒店？

我觉得不对头，每次我妈这副做贼心虚的样子，准没好事。

闫我我给我使眼色，示意我别忤逆他未来丈母娘，先听她安排吧。

我妈把我们送到酒店门口，我和闫我我下车，假装进酒店办入住手续。确定我妈开车走远，我给外婆打电话，让她待会儿给我开门，然后和闫我我打的回家。

一进门，我就发现客厅异常乱，到处堆满我妈的个人物品。我至今想不明白，她怎么会有那么多东西，衣服鞋子不必说，我妈是非常夸张的购物狂，她能同一天在同一个商场的同一个专柜里，一口气买下十一双鞋，十一双！

我感觉自己气得头发都竖起了。

我给我妈打电话，告诉她我回家了。

我妈自知有罪，不一会儿从外头赶回，先声夺人地说："不是说好了，你先上酒店住两天吗？这几天我刚好打算收拾房子，就把所有的东西都堆在客厅了，我就知道你看了会生气……"

我咬咬牙："那我卧室是怎么回事？"

"客厅都这么乱了，我就想，把你的卧室也有效地利用起来。”

亏她还知道客厅乱啊……

外婆一脸“闯祸了”的样子，跟我说：“你别生气，是我允许你妈把东西放在客厅的。”

闫我我也从旁劝谕：“刚到家第一天，算了算了，别让外婆担心，我先送你回酒店休息，等下回来把卧室收拾好，明晚就可以回来住了。”

我头痛得很，要不是念在外婆和闫我我都是无辜的分儿上，当晚我绝不轻易作罢。

到头来，我妈当然没有收拾，闫我我陪着我收拾了。

· 009 ·

刚到美国的时候，我朋友不多，便写杂志短篇打发时间。不成想一写就疯魔，连视频里的男朋友都顾不上了。

那时我的产量绝对杠杠的，最高峰一个月写十五篇。闫我我一怒之下，跑去私信我当时的责编。

“你是不是借着约稿撩我老婆？”

把我责编吓坏了，截图他的私信发给了我。

我急巴巴地跟闫我我解释，我责编是女孩子，我跟她没有不正当关系。

闫我我在视频里特别较真地说：“是女的也不行，不是性别问题，我在和你视频呢，你应该多关注我才对。”

之后责编再也不敢天天催稿了。

• 010 •

我的邻居约翰，是个喜欢随身带枪的白人。

有回他旅游回来，给桑德拉送来纪念品。

桑德拉收礼后和他闲聊了两句，就关上家门回来了。

我问：“怎么不让约翰进来坐一坐？”

桑德拉说：“他随身带枪，我不欢迎任何人持枪进入我家。”

我秒懂。

后来桑德拉告诉我，她和约翰之间有个十年的梗。

初次见约翰时，不知道出于什么原因，桑德拉记错了对方的名字，老觉得人家叫 Ben，这称呼她一喊便喊了十年。直到后来有一天，别的邻居告诉她，人家叫约翰。

桑德拉特别震惊，跑去找约翰对质：

“我不知道你叫约翰，这么多年你为什么不纠正我？”

约翰无辜地说：“我以为你喜欢称呼我 Ben。”

再后来约翰要搬走——他父母去世了，他要去继承他们的一切，他将在洛杉矶拥有一幢更大的房子。

桑德拉知道后问我："我现在向他求婚还来得及吗？约翰家好像很有钱。"

我说："对啊，他有钱又有枪。"

桑德拉想了想，猛点头说："对，我还是抱着枕头睡吧，抱着一个佩枪的男人太危险了。"

• 011 •

有天傍晚家里来了客人，桑德拉告诉我那是她姐姐。

那时 Yuko 已经回日本了，桑德拉的姐姐坐在 Yuko 以前的位置和桑德拉聊天。

我还是老样子，坐在最靠门口的单人沙发上。桑德拉给我做了意面，我给她煮了一杯热可乐，她非常爱喝。

冬令时，西雅图和北京时间相差十六小时，夏令时间相差十五小时，彼时是冬令时。闫我我那边天刚亮，他每天都早早起床和我视频。

因为桑德拉和她姐姐正聊天，我关闭了视频声音，看着视频和某人发信息。

我们中国人有"进门就是客"这种说法，也有对应这种说法的基本礼仪，譬如客人进门，至少要给对方准备一杯茶水，可美国似乎没那么讲究。

我好几次问桑德拉的姐姐要喝点什么，她非说不要，我和桑德拉都在吃香喝辣的，我实在有点不好意思。

某人从视频里看出我一脸焦虑，发信息说——

人家都说不喝了，别给自己找不自在。

我说好，忍耐了会儿还是过不去心里那道坎儿，起身给桑德拉的姐姐泡了杯热茶。她有点不好意思地接过，狠狠夸了我一番。

某人发信息过来——

你为什么这么变态，在家强迫我喝水，在外强迫别人喝茶。你这么对我可以，别那么对别人，别人会不好意思拒绝的，说不定人家真不想喝呢！

我恼。

“你懂什么？这是待客之道。”

“如果是待客之道，桑德拉还能不管她姐了？”

说得……好像……也对……

我想，这大概是文化冲突的缩影吧。

• 012 •

桑德拉有两个女儿，大女儿叫Nina，小女儿叫Lita，两位都是孩子妈了，她们和她们的孩子跟我关系都很好。

知道我要回国，Nina送了我一套情趣内衣，还在我面前跳了一段舞，要我学着点，然后问：“你到中国他会来接你吗？”

“会。”

“那太好了，你要提前把这身内衣穿好，到酒店了给他看。”

我挠挠头，说好。

我苦恼了很久，不知道要怎么处理那身内衣，扔了吧觉得可惜，留着吧我又用不上。

我取出内衣，在视频里给某人展示一番，问：“要怎么处理它好？”

“不处理，留着，就当是个纪念吧。”

“你该不会真要我穿吧？”

“不会，多别扭啊，我看不惯娘炮穿这种东西。”

“……”

• 013 •

知道我即将和某人登记结婚后，桑德拉问我：“你未婚夫姓什么？”

我说：“Yan。我们中国人结婚后不用随夫姓，还是随父姓。”

桑德拉略感意外：“那太好了，不像我，曾经嫁过一个浑蛋，会对自己的姓感到羞耻。”

“……”

• 014 •

这次回国，我到北京后转机去了上海。

当晚到达酒店后，闫我我刷了房卡开了门，让我先进去。

我一边往里走一边说：“开灯啊。”

“开灯啊，干吗不开灯。”

“开灯啊！”

正催促着，我发现地上，Bling Bling地闪着六个字，用荧光粉写的。

“爱给你，嫁给我”。

我当然知道这是个正经场合，但还是忍不住笑了：“你要求婚啊？”

某人不知从哪儿变出玫瑰，野兽派的，特严肃地送给我，然后向我献上膝盖。

我目睹最心仪的人，在我面前，那样坚定地单膝跪下，眼神那么认真，我整个人都木了。

都“老夫老妻”了，他那样含情脉脉地看着我，我还是会紧张。

“我爱你。”他说。

“我也爱你，最爱你了。”我说，“我可以拍下你下跪的样子吗？”

“不可以。”

“……”

• 015 •

当晚，我和他相拥而眠。

他问：“你是不是没想过我会求婚？”

“是啊，都这么熟了，我以为我们能免俗。”

他撇撇嘴：“这种事情免不了的，你现在觉得无所谓，一到更年期说不定会想不开，到时候肯定会找我麻烦，这种事不能冒险。我这么做，也算是给自己买了保险。”

“……”

“我是这样的人吗？！”

“更年期之前你不是，更年期的时候可说不准。”

“你想得真远啊。”

“当然，我有妈妈，她脾气那么好，到了更年期照样会来事，更何况是你。”

所以，他向我求婚，是因为婆婆更年期吗？

• 016 •

之所以要到上海，是因为闫我我特喜欢的一家照相馆——天真蓝。

我和他要在这里拍结婚证证件照。

这家照相馆证件照拍得特别好，因此客源和口碑也特别好，去之前必须预约。

摄影师站在我们面前不停地提意见：

“先生再靠近太太一点。”

“要露齿笑哟，这样更好看。”

“好了，你们过来看看照片。”

我和闫我我满怀期待地凑到电脑前，露齿笑的我看起来憨憨的，像个白痴，更遗憾的是，某人似乎发现了这一点。

摄影师问：“怎么样，还满意吗？”

闫我我说：“不满意，我妻子的表情太滑稽了。”

说着还瞪我一眼，一副怒其不争的样子。

闫我我对摄影师说：“试试不露齿的，麻烦你再给我们拍一张。”

摄影师说好。

拍摄第二组照片后，我们再次凑到电脑前查看成果。

摄影师看了一会儿，思忖说：“先生好像露齿比较好看，太太不露齿比较好看，你们要不要商量一下，要哪张？”

闫我我大义凛然：“如果结婚证上一定要有一方比较丑，我宁愿是我自己，就要不露齿这张吧。”

“不要，要露齿这张，这张你特别好看。”

“不行，这张你看起来像个傻子。”

“……”

• 017 •

领证当天。

我和闫我我在下午两点前到了民政局，填了几张表格，循例回答了几个问题后，颁证员带我们进入一个类似礼堂的地方宣读誓词。

我们俩上台，照着本子一起宣读。

闫我我的声音特嘹亮，他平日说话都像蚊子叫似的，宣读誓词大概是他这辈子嗓门开到最大的时候了。

由于他的声音真的挺大的，以至于我被震慑到了，悄悄地瞅了他一眼。

发现我走神，他很不高兴，狠瞪我一眼："这种时候还开小差？好好念词，跟我一起发誓。"

"……"

• 018 •

领证后心情很微妙，我再也不是别人的女朋友了，我合法地成为一名少妇。这种转变我花了好一阵子才适应过来。

我问闫我我："领证前和领证后好像有点不一样，你有没有这种感觉？"

"没有。在大学的时候，我就觉得你是我妻子，领证对我来说就是个法律程序，你早就是我的了。"

妻子……

这个词有点奇怪，我感觉更微妙了……

第五章

最后一课，最后一刻

· 001 ·

又要离开前往美国。

闫我我和公公婆婆一起送我到机场。

我一进安检口就转身，不敢多看他们一眼。到候机室后，眼泪还是忍不住簌簌往下流。

这么些年过去了，还是没学会分别。

生离死别，真是人生最难的一课了。

可这不是我自己选择的吗？是我要走的。

我低下头，很高兴没有人来打扰我的脆弱。

我用 iPad 连了 QQ，给闫我我发信息。

“才分开就开始想你。”

他开玩笑似的，说：“我还在机场哈哈，你要是后悔了，可以留下来，我就在登机口外，你一出来就能看到我。”

“不，我要回去的。对不起，你再等等我。老公，辛苦了。”

“你也辛苦，但你就是爱折腾，你不把自己折腾明白了，就没办法安定下来，笨蛋。”

那一刻，他一定不知道，让我难过的，不仅仅是分开，还有他的理解。

那一刻，就算他没说一句情话，我也能真切地、深刻地、揪心地感受到他有多爱我。

• 002 •

回到西雅图，桑德拉非常高兴地迎接我。

我说："你今天提前下班了？"

她说："没错，知道你今天回来，我感到特别兴奋，所以提前回来了。"

我惊讶地发现，她的咳嗽还没好。

"你从去年一直咳嗽到现在，你看过医生了吗？"

她骗我说："看过了，医生说问题不大。"

美国 西雅图 彩色斑马线

一连几天，我不安地观察桑德拉，她气色越来越差，嘴唇总是发白，咳嗽明显比去年严重多了。

没过多久她就请假不去上班了，总跟我抱怨背部左侧很痛。

每一晚，我都要给她按摩很长时间，她的疼痛才能稍稍缓解一点，然后睡去。

我没办法了，只好给她两个女儿，Nina 和 Lita 都打了电话。

小女儿 Lita 住得离我们更近，第一时间赶来了，带着桑德拉到医院做检查。

临走前，桑德拉跟我说："等我回来啊，孩子们交给你照顾了。"

她喝了一半的姜茶还摆在茶几，烟头还没熄灭。

• 003 •

Lita 有个女儿，叫 Saniya，我们都喊她奈奈，取自她名字中间的音节。

奈奈不过五岁，平时桑德拉和 Lita 都腾不出工夫陪她时，便会交给我照顾。她还算听话，但凡我说"No"的事，她从来不干，连上洗手间都跟我报告。

外国的小孩都很早熟。有一次她在洗手间里待久了，我很担心，敲了敲门就进去。

我说："What's taking you so long(你怎么这么久)?"

她说：“I’ m having Pooh Pooh（我在拉屎）.”

“You feel all right（你还好吗）?”

“Yes，I just need some privacy（还好，我只是需要一点私人空间）.”

“Okay, sorry.”我笑着退出去。

这次Lita带桑德拉去医院，奈奈毫无疑问要交给我照顾。

我心情特别低落，所幸家里的其他成员回来了。住我房间对面的是纱由里，依然是个日本姑娘，地下室也换了人，只有穆萨布一个。

两人都和我年龄相仿，只是因为我在这家里待的时间最久，难免会有一点“长姐”的威严。

电视放着奈奈最爱看的卡通，我故意把声音调高，刚好能掩盖厨房的交谈声，然后把“孩子们”喊到厨房，告诉他们桑德拉的情况。

“严重吗？”他们问我。

我说不知道，但我感觉很不好，一个健康的人不该是那种气色。我特别不安。

当晚，桑德拉要留院观察。

第二天，Lita告诉我，桑德拉要做手术。

• 004 •

当天的课上完以后，我和纱由里还有穆萨布碰头，三人一起去了医院。

医院环境特别好，病人家属有专门的休息区。我想美国纳税人的钱大概就花在这里吧。

桑德拉在 ICU，我们等了一个多小时，直到她醒了，医生才允许我们见她。

看到我们，桑德拉心情很好，我们挨个和她拥抱，守在床边陪她聊天。

其间她求着我，让她吃一点冰块。

她喜欢吃冰块。

我问过医生，医生说可以，我才给她拿了一点。

直到桑德拉又犯困了，我才带着孩子们离开。

走出病房前，桑德拉喊住我，说："我再过两天就回家，到时候做热可乐给我喝。"

我说好。

• 005 •

回家后，我瞄了一眼茶几上那半杯凉了的姜茶，没有去理会，它就该在那儿，维持着桑德拉离家前的样子，烟头已经灭了。

闫我我发来视频，我马上接了。从视频右下侧的小方格里，我看见愁眉不展的自己。

"桑德拉回来了吗？"他问。

我摇摇头："今天刚做完手术，肺炎。都咳嗽半年了，我应该早点给 Lita 打电话，那时候我只知道写稿子写稿子写稿子。”

他没有劝我别自责，没说一句安慰的废话，只是安静地看着我，听我忏悔了后半晚。

我打着哈欠睡下时，他说：“好好睡一觉，明天还有明天的事，好梦。”

“好梦。”

他会对所有人说晚安，但只对我说好梦。

• 006 •

隔天，Lita 告诉我，桑德拉在凌晨进行了一次心脏手术。

我当时想不通，她不过是肺炎，为什么要做心脏手术。好像人一倒下，所有疾病就乘虚而入，在桑德拉最脆弱的时候击溃她。

我没有犹豫，下课后回家收拾了洗漱用具，带了套干净衣服，背上电脑去了医院。

医生不让我和 Lita 在病床边守着，但至少我能陪她在家属休息区等着。

整晚都等不到桑德拉好转的消息。

闫我我发来视频，问我在哪儿。

我说在医院。

“什么时候回去？”

“今晚不回去。”

“守着？”

“守着。”

他似乎察觉到了什么，没再往下问，我很感谢他的沉默。

安静的人有一个优点无人能及，他们从不在任何人的担忧之上增加解释负荷。

·007·

将近凌晨，护士走到休息区，我和Lita急切迎上前。

我故意放慢了脚步，不敢靠得太近，我怕给任何人添乱。

不知道护士跟Lita说了什么，只听Lita无可奈何地说：“妈要是知道了，会气疯的。”

听Lita这么说，我反倒镇定了些，我喜欢那个暴跳如雷的桑德拉。

我怀念她生气的样子。

我到了病房一趟。

桑德拉昏迷着，明明睡了那么久了，她还是很憔悴。

我这才知道桑德拉脱发严重，这几年她每天在家哪怕睡着都戴着假发，所以我才毫无察觉。

她肯定很在意她的头发。

Lita和医生很快谈妥，尽管一直和他们保持距离，但我知道，桑德拉又要动手术了，这次要对脑部进行手术。

我没有刨根问底，上网 Google 了“肺炎”。

肺炎严重的，尤其是老年人，会引起心力衰竭、脑水肿等病状，桑德拉真摊上事了。

我想，她剩下的那几根头发，也要在手术之前剃掉了。

难怪 Lita 会说，妈要是知道了，会气疯。

• 008 •

我一整晚没合眼，第二天回学校前，我去了一趟病房，跟桑德拉道了早安。

一天的课还没结束，我就收到了 Lita 的短信。

“医生说，妈妈不行了，建议我们拔掉她的氧气罩。你会来吗？”

我问她：“你通知 Nina 了吗？”

“通知了，她不要来。”

我给孩子们逐个打电话。

Lita 又发来一条短信：“你来吗？”

我回：“马上到。”

• 009 •

在拔掉氧气罩之前，桑德拉的心跳只有不到 30BPM(30 次 / 分钟），正常成年人的心率是 60 ～ 100 次 /

分钟。

桑德拉的家人都守在病床四周，Lita 说，要给桑德拉放一首她喜欢的歌。大家开始讨论，桑德拉都喜欢什么音乐。

我说，桑德拉喜欢Frank Sinatra。

Lita 说，她从没听桑德拉提起过。

我说，桑德拉是一个那么依赖沙发的人，但她为了Frank Sinatra 曾经排队买过票。尽管是多年前的事，但票根一直保存到现在，就在她卧室靠床的橱柜里，用一个黄色文件袋用心地保存着，里头有Frank Sinatra 的宣传手册和他的海报。

“好。”

病房里，Frank Sinatra 迷人的男声响起，我很高兴桑德拉能在这里最后一次听到他的歌。

大概二十分钟后，Lita 翻开《圣经》，选了桑德拉最喜欢的一节，朗诵完后，医生和护士走进病房，关掉了所有仪器。

不到一分钟，护士宣布，她走了。

• 010 •

大家一边哭一边相互拥抱，我特别冷静，没有号啕大哭，而是带着纱由里和穆萨布走出病房。

穆萨布说，他必须要找朋友喝一杯，今晚可能不会回家，我说好。

纱由里和我一起，默默地站在病房门外，再看一眼那个没了呼吸的人。

我以为我会有很多不舍，可在护士宣布桑德拉的死讯后，我唯一的念头却是离开医院。

可我发现我没有力气了。跟桑德拉道别，用尽了我所有力气。

我给朋友打电话。

“团长，你在哪儿？”

“我在排队等号，今晚我和 Jan 吃台湾菜，你要来吗？”

“要。你来接我。”

大概是听出我的声音不太对劲，团长关切地问：“你还好吗？”

我说：“我不能更好了。桑德拉走了，我走不动了，所以就留在这里了。”

我上 QQ 给闫我我留言。

“我要和纱由里去吃一顿大餐，为桑德拉践行。别担心，朋友开车接我。吃完就回家，不会喝酒。”

• 011 •

纱由里刚到美国不久，英文听说方面还在努力学习的阶段，新生活也在积极适应，桑德拉突然走了，对她无疑是个打击，所以她更依赖我了。

她刚到美国那一周，都是我管接管送，她老记不清路和公交站名，在她看来“pine”和“pike”是一样的。

吃晚饭时，她一直问我：“我们以后怎么办，你会搬走吗？”

我答应她，即使我一定要搬，那也一定是最后一个，她才放了心。

回家后，我俩在客厅里坐了一阵，穆萨布回来了。

我疲惫地笑着说：“你说你今晚不会回来的。”

“我发现我不想喝酒，就回来了。”

他也走到长沙发旁坐下，和纱由里各坐一侧，中间腾着空位，我还是坐在单人沙发上。

“你们还好吗？”穆萨布问。

纱由里不安地问：“你会搬走吗？”

穆萨布摇摇头：“如果你们留下，我就留下。”

亏我还笑得出来，我说：“你太暖心了，我要回房为此哭上两个小时，回头见。”

• 012 •

过去两年我都在起居室用电脑，唯独桑德拉走的这一晚，我躲进了卧室。

桑德拉的后半生最依赖两样东西，一是电视，二是沙发。

她在家时，连倒水都求着我帮忙，自己能在沙发坐一天。曾经我烦透她了，揶揄说：“Your fat ass is big

enough，why don't you just stand up and walk for a little while（你的屁股够大了，为什么不起来走一走）？”

她当时笑眯眯地说：“I'd rather sit on my couch，I've already paid by my ass（我宁愿坐着，屁股是我为之付出的代价）。”

如果说，有什么她认为比沙发更重要，那就是电视。

只要她在家，整个房子都能听见闹哄哄的电视声。由于我卧室没有书桌，我只能在起居室写稿，电视机是第一干扰，可不知不觉我学会了抗扰。

桑德拉的卧室也有一台电视，专门负责哄桑德拉入睡，她睡多久电视开多久。

在接收留学生之前，桑德拉一直独居，她不喜欢房子太安静。后来发现，是她改不掉这习惯。

她离开的第一晚，我隔壁房间没传来半点电视机的声音，它曾经每晚吵醒我好几次，不曾想如今它彻底安静了，我同样醒来好几回。

后来回国，我也习惯开着电视写作，桑德拉把我带坏了。

她不在的第一个晚上对我来说很难。

我整夜开着视频，半夜醒来总有一种难以言喻的心慌之感，看一眼视频里的人，心里才踏实了些。

凌晨六点我醒了。

美国 西雅图 埃利奥特湾码头摩天轮

闫我我还在视频那头："你整晚没睡好。"

"我感觉我的大脑整晚都清醒着。"我揉揉眼，抱着 iPad 走到厨房，一边和某人说话，一边煮热咖啡，"这种感觉很奇怪，我知道桑德拉不会回来了，我觉得她只是不再回来，但她还活着。"

"这么想挺好。"

“我为很多事情懊悔，有时候会因为写文顾不上给她一个友善的表情。她时常认为，我绷着脸是因为生气，我解释过很多次了，我在写文的时候会因为思考而变得认真，认真就会严肃。但她希望，哪怕是在想事情，也要偶尔对她笑一笑，让她知道我没有在生谁的气，但我没有做到。更无奈的是，就算给我一个重来的机会，我也不会表现得比过去更好，我真的尽力了，可这并不能使我免于自责。”

闫我我耐心听完，柔声说：“等夜深了再伤感吧，白天不要多想，这些天你多出去走走，站到阳光底下。”

我说好。

• 013 •

之后好几天，我一有时间就逼着纱由里和穆萨布陪我外出，和我一起感受阳光。

有晚我和他们接受完日光沐浴，一起去吃希腊菜。

穆萨布问我：“你丈夫会来西雅图吗？”

我说会，但不是现在。

“你会介绍他给我们认识吗？”

我说会，如果那时他们还在西雅图。

纱由里在一旁插嘴：“你想他吗？”

我说当然。

穆萨布分明犹豫了一下，壮着胆子问：“他有没有一个中国的老婆。”

我问："什么意思。"

他说："你是他的西雅图老婆，他在中国会不会也有一个老婆。"

我没好气地说："中国男人可以多次结婚，但同期只能拥有一个老婆，你以为像你啊，可以娶好几个老婆。"

沙特阿拉伯是一夫多妻制国家。

我转守为攻，问穆萨布："你以后打算娶多少个老婆？"

他想了想，说："不知道。"

"你有想过以后只娶一个老婆吗？"

"没。"

"……"

• 014 •

Lita在房子里整理桑德拉的遗物，我负责照顾她女儿奈奈。

奈奈悄声跟我说："这是外婆第一次去世。"

我摸摸她的头，把她抱在怀里，放低声音说："奈奈，人只能去世一次。"

• 015 •

好几天Lita都在房子里整理收拾，她没提出要帮忙，我们也没那闲工夫打扰她。

一天晚上，她敲了敲我的房门，不等我同意就推开进来，强行把我摇醒。

我看了看时间，凌晨两点。

我按捺住起床气，问她有什么事，她告诉我，遗嘱不见了。

我以为她需要我起床帮她找，马上下床，但她说：“我想要搜搜你的房间，我已经报警了，如果你不同意，可以等警察过来。”

我满脸问号，遗嘱不见了，她想要搜我房间，她怀疑是我偷了？我偷遗嘱能干什么？

我心里特别生气，我也看出她真的很焦虑。桑德拉刚去世不久，我不想跟她女儿大吵大闹，念在桑德拉的分儿上，我开了灯，说：“随便找，我的行李箱和背包你也可以随便翻。”

我抱着 iPad 走到厨房，给自己倒了杯可乐，然后给闫我我发信息，跟他分享我的最新动态。

“我起来了，Lita 把我吵醒了，遗嘱不见了，她怀疑是我偷了，正在搜我的房间。”

闫我我发送视频邀请，接通后，劈头盖脸地说：“你明天就搬，不住这儿了行不行？”

“一时半会儿找不到合适的地方。”

“住酒店，我给钱。”

“不是钱的问题啦。”

“那你要我怎么办？你一个人在那么远的地方，受了委屈我帮不上忙，你还特别不听话。”

他越来越急。

我说：“一会儿就好了，反正我没偷，我房间里没她要找的东西。桑德拉才刚去世不久，我不能在这时候搬，我舍不得。”

“那个像作法一样的房间有什么好舍不得的？这房子也不是你家，连云港才是你家。连我你都舍得了，还舍不得这房子？难怪别人的女儿要怀疑你了。”

这种时候了，他还不忘损我。

我拉下脸：“你再这样我就关视频了，你到底有没有同情心啊？”

某人说：“你先告诉我，你搬不搬？你要肯搬走，我就同情你一下。”

“我还不想搬。”

“那我干吗要同情你，都是自找的。”

我极力为Lita开脱，倒不是因为我善良，而是想说服自己，别将今晚的遭遇放心上。“可能最近Lita压力太大，所以才会这么反常吧，她还报警了呢。”

“这不是反常，这只能说明她脑子有问题，既然已经报警了，为什么不等警方来主持公道，凌晨吵醒你做什么，你又不能继承遗产，要遗嘱有什么用。”

有道理……

· 016 ·

在我房间里，Lita 一无所获，她回到起居室，好像还挺失望的。

她失望，当然不是因为我没偷遗嘱，而是遗嘱还没有找到。

她打算另辟蹊径："你的房间没有，你洗脱嫌疑了。我想去纱由里的房间和穆萨布的房间看看，还是说，等警察来了再叫醒他们？"

我有点生气："如果我是你，就不会去吵醒他们，也不会叫警察，这个刚刚失去女主人的房子不需要警察，这段时间他们压力也不小，警察只会让他们更紧张。"

"但我需要找到遗嘱，我需要保证他们能让我搜查他们的房间。"

"我敢保证，就算没有警察他们也会允许你搜查房间，但我不希望你这么做。你知道纱由里的英文水平吗？她根本不可能读懂遗嘱，还有穆萨布，他交流还行，词汇量很一般，就算你把遗嘱放在他面前，他也没兴趣拿起来读一读，他不喜欢阅读。一个不喜欢阅读的人怎么会发现一份遗嘱？遗嘱丢了，我可以帮你找，但不要叫醒他们，如果你愿意信任我的话。"

这时候我唯一能做的，就是让"孩子们"免受骚扰。

Lita 犹豫了："你确定吗？"

"我非常确定，我信任他们就像信任我自己一样，我不会偷遗嘱，他们也不会。”

“那你觉得我还有必要叫警察吗？”

“如果你不会和我打架的话，就没必要。”

Lita 打电话取消报警，但警方在电话里说，为确认现场没有暴力，还是要过来巡查一番。

我整晚在房子里跑上跑下，把车库、车子还有起居室都翻了个底朝天，就是没找到那份消失的遗嘱。

闫我我发来信息：“你在干什么，睡了吗？”

“睡鬼，找遗嘱。”

“天亮了，一整晚不睡还有精神上课啊？”

“Lita 在房子里到处转，我也睡不了，还不如帮帮她，她说要是找不到遗嘱，她姐 Nina 会杀了她。”

“那正合我意，你给 Nina 打电话，让她替你收拾 Lita 啊，还是我翻墙上 Face Book，直接告诉 Nina？Nina 的夫姓是什么？我搜全名找她。”

“……算了，我不想把‘盗窃’现场变成打斗现场，Nina 那脾气，比我更火暴，来了只会更乱。”

• 017 •

在 Lita 报警后四小时，警察叔叔来了，他们问我一切可好，我说很好，没有人打我，我只是有点困，然后他们走了。

纱由里和穆萨布起床了，他俩昨晚被我保护得很好，很明显都睡了一顿饱觉。

纱由里好奇地问我：“怎么了，你起好早。”

“是，我起得够早的，凌晨两点就爬起来了。”

穆萨布也悄悄问我：“Lita 在忙什么？房子和车库都乱糟糟的。”

我推着他们出门：“赶紧走，你们俩欠我一顿饭，走，不要回头。”

“……”

• 018 •

忙了一整晚都没找到遗嘱，Lita 捂着胸口跟我说：“我心脏很疼，得去喝点酒平复一下心情。”

我按着太阳穴：“我头疼，我得去睡觉，你别再叫醒我可以吗？”

“好。”

我给教授发了邮件，告诉他我今天请假，原因是昨晚我找了一晚上的遗嘱。

教授一般不回复学生的请假邮件，大概是因为我的理由比较清新脱俗，他忍不住回了我——以后你最好能把这个故事说清楚。

我回复说好，倒头就睡。

• 019 •

我之所以不锁房门，是因为房门坏了，锁不死，桑德拉一直没叫人维修。我觉得问题不大，一直没提，从没想过会有Lita这个后患。

我早上八点才睡下，不到十点Lita又把我喊起来。

我真心觉得，当时的我简直涵养爆棚了，我居然没打她。

Lita手里拿着一份文件，惊叫着欢呼着跟我说："我找到遗嘱了，我找到遗嘱了！"

我当然不会指望她会为昨晚的事跟我道歉。

她果然也没有。

她坐在地板上，摇晃着酒杯跟我说："你猜猜我是怎么找到的？"

我板着脸说："你说不说？不说我去睡觉了。"

她说："如果我告诉你实话，你一定会觉得我是个疯子。"

"你不告诉我我也觉得你是个疯子。"

"……"

我催促："说吧，在哪儿找到的？"

她放下酒杯，说："你知道通灵师吗？"

"什么？"

"通灵师。我给通灵师打电话了。"

我看看那杯酒："你是不是喝多了？"

"没，我真给通灵师打电话了，她说遗嘱在一个光能照着的地方，四周有很多花。"

"……"

“然后我想起来了，我把遗嘱藏在我妈房间的床褥下了。床单上有很多印花，台灯刚好照到床。”

“……我要去睡觉了，这次真的真的真的不要叫醒我，我会生气的。”

“好。”

· 020 ·

那天我一直睡到晚上。

醒来后我向闫我我报道最新情况——遗嘱找到了。

某人笑问：“是不是她自己忘了放哪儿了，最后又想起来了？呵呵，很尴尬。”

“不，有比这更尴尬的。”

我当是个笑话告诉闫我我 Lita 找到遗嘱的经过。

听后他一脸担忧：“以后房子由这个神经病接手吗？”

“她和 Nina，不过 Nina 不管事。”

“要搬吗？”

“不搬，除非纱由里和穆萨布都走了，我住哪儿不是住，至少这里还有他们。”

“这里还有神经病啊。”

“没关系，她只是偶尔有点神经质。”

闫我我无奈地叹口气：“有时候，真后悔放你走。”

第六章

他是我的有且仅有

· 001 ·

说不上为什么，我对西藏有着特殊的情结。我总觉得那地方，该一年去一次。雪域高原，对我有着神秘无穷的吸引力。

第一次进藏，我身边跟着的不是闫我我，而是侄女阿芙。

提起阿芙，我和她有三件不得不说的事：

一、

阿芙是我爸那边的亲戚，是客家人，会说客家话。我每年都会回老家一到两次，拜祖宗。小时候我堂哥告诉我，她叫阿芙。于是从小到大我都“阿芙阿芙”地称呼她，直到她到广州念书，周末住我家，在我家写作业。

我看到了她在作业本上写下的全名，才非常震惊地发现，人家根本不叫阿芙，人家叫阿湖……

阿湖……

这么多年过去，我改不过来了，于是我坚持称呼她阿芙。

她本人没意见，说早听习惯了。

二、

阿芙到广州念书，主要寄宿，只有周末才会到我家来。

我问她在学校可还住得习惯，室友都还可爱吗？要是不可爱，她不是非得住宿。

我当时还特霸气地说：“姑姑我乐意跟你分享我的床，

你可以天天回来啊。”

阿芙是个很有野心的人，她说：“不行，广州很塞车，一来一回光是车程就浪费两小时，我还是更喜欢住宿。这样能把时间用来复习，我要拿全年级第一。”

目标刚定下不久，她就给我打电话抱怨：“室友谈恋爱，每晚聊天聊到很晚，我睡不好，第二天上课没精神。”

只怪我当时太年轻，给出的建议很不成熟——“你多在她面前说她男朋友的坏话，他俩分手了不就不打电话了吗？”

据阿芙跟我汇报，她试过了，没有用，室友和男朋友打电话更频繁了，吵得也更凶了，她简直后悔死了。

到了期末，阿芙果然没拿到全年级第一，但她保住了全班第一的宝座，心里还是挺得意的。

她把《学生手册》交给我，里面有她的学期成绩、老师评价和家长意见。

“姑姑，家长意见你来写吧？”

我说好。

天知道对于一个年轻气盛的我来说，能够行使一个家长的权利心里到底有多爽。

我写道：

请贵校关注学生的感情状况，谈恋爱的应该和没恋爱的分开住。就该让那些有男朋友的同学都住一个屋，以免她们深夜煲电话粥扰人清梦。

阿芙成绩全班第一，又是班长，平日和班主任交流比较多。据她反馈，班主任读到我的意见后表示——你的家长怎么可以这么可爱。

阿芙说，当时她特骄傲了，告诉班主任："那是我姑姑。"

三、

利用暑假，我和阿芙穷游西藏，坐的是T264这趟列车，从广州站出发。

我一上车就躺下铺睡觉了，迷糊间听见阿芙熟络地和同车厢的乘客聊起来。

"你和你朋友一起去西藏吗？"

阿芙说是的。

"就只有你们两个小姑娘？"

阿芙说是的。

"你们两个女孩胆子也太大了。"

阿芙说："没办法啦，我朋友不喜欢跟团。"

我听后猛抬头冲她吼："谁是你朋友啊，叫姑姑！"

阿芙尴尬地朝乘客笑笑："我朋友特喜欢扮家长。"

趁着乘客上洗手间，阿芙溜到我床边，低声说："姑姑，你就假装是我朋友嘛，不然我会很没面子的。"

我说："为什么啊？我当你姑姑很丢人吗？"

她说："当然丢人。别人都以为你是我朋友，万一我公开真相，那不就说明我长得很着急了吗？你比我大五岁啊！这些人眼神也太差了，怎么会认为我和你同龄！”

“……”

·002·

虽说是穷游，但我和阿芙好歹也攒了一万块零花钱。

我没和闫我我一同出行的原因是，他没那么多零花钱。那时他也还是个学生，经济上没独立，不想给父母添麻烦，他宁愿不去。

表面上他特别豁达，说我如果能成全自己，那他就成全我，他无所谓。

我没在意，真就背着背包带着侄女出发了。抵达西藏后，我第一时间给他报平安。

他特别冷淡地说：“到了就好。”

然后就把电话挂了。

我盯着电话愣了半天，心里嘀咕这男人闹什么别扭。

当晚他一整晚没上线，怎么也找不着人。

第二天我和阿芙出发去纳木错，那真是个堪比仙境的地方。我当时想，如果身旁有着最喜欢的人，那该多好啊。

我下定决心，以后一定要和喜欢的人再来一次西藏。

从纳木错回到拉萨后，我闹高原反应，当晚呕吐发烧。

我一回客栈就睡了，听到手机在响，我勉强睁眼拿起接听。

那头传来某人幽怨的声音："今天你没给我打电话。"

我说："我都快病死了，不想被你冷暴力，你昨天才说一句就把电话挂了。"

他沉默好久，我就这么握着手机半天，感觉自己快要睡过去了，他幽怨的声音才又响起："你是不是高原反应了？声音听着不太对，活该！谁让你跑到那么远的地方去。"

我心里那个气呀，直接就挂了电话。

他打过来，我再接。

彼时我已经酝酿足了工夫，一旦察觉到他苗头不对，就果断吼他。

也许是被我挂过电话，这回他老实多了，声音特别低地说："我觉得你背叛了我。"

我头疼，用拳头砸砸脑袋："我怎么背叛你了？"

他说："你又和别人去旅行。你也太洒脱了，没我也能过得自在滋润。"

才不。

他越发愤愤不平："你为什么不能稍微等一等我？等我毕业了，工作了，我可以带你去任何你想去的地方。"

我不禁笑了："到时候你忙着工作，哪还有时间？"

"我有年假。"

"应届毕业生薪水很微薄的。"

"很微薄我也愿意花掉所有积蓄，陪你去你想去的地方，只要我有，我都给你。我会倾尽全力给你一切，但你必须等我，等我陪你一起经历。我不希望你每一个快乐的瞬间，都是和别人的回忆。”

他低落又苦闷，我听出来了。

我打断他：“别说了，我其实特别想你。”

他始终耿耿于怀，根本没有因为甜言蜜语就放过我，生气地说：“想我又怎样，想我你又不能来我身边陪我。你远在西藏，和你那个豆奶色的侄女一起风流快活。”

“……”

我提高音量：“你说什么呢？！我侄女哪里是豆奶色了？你这么说她她会生气的！我和她一没有不良嗜好，二都是良家妇女安守本分，三旅游其实很累的，我们一回来就休息了，没上哪儿风流快活。”

“你最好没有！”那头的他凶猛又霸道，“你要敢乱来，回来后看我打不打断你腿？！真想买个铁笼把你关起来！”

• 003 •

因为是自由行，我和阿芙很自在，我爱睡懒觉就睡懒觉，爱在客栈浪费一整天就浪费一整天。

慢慢悠悠享受当地生活，这才叫旅行。匆匆忙忙走马观花，那叫浪费时间，所以我特别不喜欢跟团。

我和阿芙下榻的客栈离布达拉宫很近，步行十分钟就到。因为我有赖床的习惯，所以我订了下午的票，睡醒后吃个午饭，然后上布达拉宫。

西藏的天比新疆黑得更晚，哪怕是晚上七八点，看起来都没半点要天黑的意思，日光仍然刺眼地亮着，给了我一种日不落的错觉。

从布达拉宫下来后，我在八廓街转了一圈，阿芙在我身边走着，不时看看商铺里的小饰品，不知不觉和我转到一条叫不上名字的街。

我和她手里各执一听可乐，我注意到，对街一个穿着民族服装的西藏妇人对俩孩子说了什么，紧接着那俩孩子就不要命似的穿过马路飞奔而来，一个抱住我，一个抱住阿芙，两人一起指指我们手里的可乐。

阿芙毕竟还是个未成年，面对孩子们一边热情地投怀送抱，一边蛮横地张牙舞爪，她有点慌张，不安地看看我。

我向她使了个眼色，把可乐交给孩子，她学着我，也把可乐交给孩子，那俩孩子就高高兴兴地走了。

阿芙松口气："姑姑，走着走着就有人跑来要可乐了，等下会不会有人来要钱。"

谁知道呢，但阿芙的话警醒了我。

我不敢对一座陌生的城市抱有太多乐观的想法。我才不在乎会不会有人来问我要钱，我在乎的是阿芙，她是我带出来的，我要对她的人身安全负责。

我拦下出租车，带阿芙回了客栈。

我给闫我我打电话，告诉他我刚刚经历的事情。

他听后果然很不高兴，又开始怀恨在心地批评我："你

西藏 布达拉宫

看，出门不带男人就是诸多不便，现在知错了没？”

“知错了知错了……”他真的很啰唆。

然后又说：“你别玩了，回来好不好。”

我讨价还价：“好不容易来了，再让我多待几天。我保证每晚六点前到客栈，每两小时跟你报一次平安。”

我已经做好打算，无论他怎么不同意，我都不会听他的，反正他鞭长莫及。

他对我性子很了解，并没有勉强我，语重心长地叮嘱：“如果再遇到这种情况，别人问你要什么就给什么，除非别人要你命。”

“那如果别人要我贞操呢？”

他愣了一下，说：“除了我，谁会稀罕这种东西？”

“……”

临挂电话前，他再三叮嘱：“在西藏，就算是外出散步也要随身带个一百几十，万一有人打劫了，你至少交得出钱。”

“你还真为歹徒考虑啊。”

“错，我这是为你考虑。要是别人打劫不成，会打你的。你带好钱，随时用来交换自己的安全。明白了没？这种事要听话。”

“噢，明白了，我听话。”

“嗯，你最乖。”

• 004 •

我和阿芙打算再在西藏逗留一周。我们计划着要去珠峰，也真这么做了。

西藏的交通不算发达，从这个城市到另一个城市，客车班次很少。到旅行社报越野车散客团，是比较实惠又安全的出行方式。

包括司机在内，每辆越野车限乘五人。除了我和阿芙之外，还有另外两个姑娘。

在前往珠峰路上，我看到满山的羊和牦牛，看到游牧的藏民和搭建的藏式营帐。有时候抬头望去，前方的路朝天际延伸，一眼看不到尽头，我想，这大概就是天路。

一路上，偶尔会经过没有信号的路段，所以在上珠峰之前，我很有先见之明地问司机，山上有没有信号，方不方便通话。

司机说，这个他不敢保证，山上信号不太好。

我觉得这不过是司机的委婉说法，信号不太好等于没信号。

我有点不安，要司机在一个信号不错的路段停车，然后给某人去了通电话。

那边他等到我的电话似乎很高兴，问我：“到哪儿啦？”

我说：“再过一会儿就到珠峰了，今晚要在珠峰大本营住一晚，山上没信号，今晚可能不能联系了。”

那头的他马上没了兴致，恼怒地问我：“你为什么总要做这种让人心情不好的事？”

我能感觉到他极力克制着自己的情绪，没有跟我发脾气，沉默片刻后，放缓语气叮嘱：“要注意安全，不要到处跑，吃不好也要吃饱，能联系我的时候必须第一时间给我打电话。”

我说好，然后依依不舍地挂了电话。

珠峰大本营海拔五千二百米左右，我当晚又闹高原反应了，头疼发烧又呕吐，我每分钟都在看手机，好像多看一眼就能多接收一点信号似的。

我真想联系那个可以让我撒娇的人。

我也真想那个也在想我的人。

第二天下山后，我很想第一时间打电话给某人，可昨晚盯着手机太久，手机没电了。直到回到日喀则，手机充上电后，我才给闫我我打电话。

他当然很不高兴，但出乎意料的是，他并没有凶我。

我絮絮叨叨地和他分享这两天的经历后，问他："我没有在下山第一时间给你打电话，你怎么不生气？"

"谁说我不生气了？"他傲娇地"哼"了一声，说，"我都气死了，可是等你电话等太久了，哪里还舍得浪费时间跟你吵架？我只想好好听一听你的声音。你还要在西藏待多久啊？"

我开玩笑说："我不走了，我要在西藏待一辈子，顺便找个当地人嫁了算了。"

这时候的他似乎很敏感脆弱，经不起半点玩笑的考验，突然提高音量，莫名就严肃了："我现在去收拾行李，出发去西藏找你，你等着。"

我急了："别，我都要回广州了，你来西藏干吗啊？"

"去抓人，有人想逃婚，你别急着回来，等着就行。"

当晚我费了好些唇舌，才说服某人放弃西藏之行。但他没有放过我，在我回到广州的那天，他也到了。

一看见我，他就很嫌弃地说："黑得跟长沙臭豆腐似的，都不想亲你了。"

话音未落，他就一把抱住我。

我在他怀里笑了："你的身体还是很诚实的嘛。"

他点点头："我的拳头也很诚实，你再敢在电话里胡说八道，我真打断你的腿。"

那一次，我没带他回家，和他住的酒店。

• 005 •

后来闫我我毕业了，工作了，有能力养活我和他自己了，我却走得更远了。

我孤身一人去了美国，每年夏季和冬季回国小住一段日子。

我曾经问过他："喜欢上我这么一个爱满世界跑的人，会不会很累？"

他说："确实累，以前以为异地恋够苦了，没想到异国恋更苦。只有受过时差煎熬的人才能体会，隔着几千几万公里的牵挂有多磨人，我耗费了太多心思去想你，以后再没力气去爱别人。"

二〇一五年夏天，我终于实现了几年前许下的愿望，和最喜欢的人去了西藏。

那是一次藏囧。

闫我我第一次进藏，我怕他会有高原反应，所以还是选择乘坐火车，让他一路上有个适应的过程。

而且，我始终坚持，去西藏这种地方，一定要乘坐火车，一定要好好看看青藏铁路。那路上的风景美不胜收，目不暇接，绝不能错过。火车带来的遥远感，绝非飞机可以取代。距离越是遥远，抵达后就越有成就感。

闫我我现实里是个相当安静的人。注意，他只是安静，但并不慈祥，他家里的后辈都怕他，他一个堂弟，一看见他就害怕得不敢说话。

这次出发去西藏，我还是乘坐T264。可我记错了出发站，我以为在广州东发车，没想到在广州站（西站）……

我在发车前半小时，才注意到票上清楚标明的始发站名，可我还是想搏一搏，扭头又把闫我我塞进出租车，催着司机拼命赶。

在车上，我懊恼不已，T264我也不是第一次乘坐了，怎么还能记错站！

我开始不停地用手砸自己的脑袋。

闫我我伸过手来握住我的手，拉停了我自残的动作："别再打自己的头了，万一变得更蠢，那我不是更可怜？"

我险些气绝，瞪瞪眼冲他吼："我俩都一样了，你为什么还要羞辱我的智商？！"

他凑过来，一副很有道理的样子在我耳边说："我也不能在这时候侮辱你的肉体啊。"

"……"

下车后，我急匆匆地往检票口跑。我真心认为，这是我今生有过最快之奔跑，那简直就是用生命在追赶，我突然想起了夸父逐日。

在我回顾初中经典的瞬间，闫我我向我伸出手。

我没好气地说："都这时候了，还要牵手吗？"

他板着脸说："把你的背包给我，我给你提着，你跑得太慢了。"

"……"

他究竟是怎么做到，一边跑着还能这么不紧不慢地说话的？

• 006 •

T264 发车前一分钟，我们抵达检票口。如果这是一部电影，我们大概能赶上这趟列车。

我趴在检票口，叉着腰喘着粗气，不愿面对检票员冷漠的脸，眼睁睁地看着列车在我眼前驶离。

我对自己十分生气，愧疚地看了看闫我我。

"唉，怪我，记错了，我们……是不是要放弃这次西藏之行了？"

"不放弃。"某人淡定地拿出手机，熟练地操作一波。

他额间有汗滴滑过，我用指尖替他抹掉，极力试着弥补过失，说："T264 会在长沙停，如果我们坐高铁或者动车，可以追上它。"

他笑笑，安抚似的摸摸我的头："走。"

"去哪儿？"

“广州南站，我买好动车票了，两小时后的车。T264 晚上七点到长沙，我们三点半就能到。这一次，它跑不了。”

哇，他好高效、好镇定，心态也好好啊！

我更加内疚了，眼巴巴地看着他：“你平时那么凶，发生这样的事怎么不怨我，骂我一句也好啊。”

“哦。”他原地立定，酝酿了一下，“霍比特猪，你蠢死了！可我认了，我都娶你了。”

“……”

• 007 •

动车票买得急，闫我我买不到连座的，我和他在不同的车厢。送我上车厢安顿好我后，他才去找自己的座位。

这种感觉相当微妙，我突然又找回异地恋的感觉。

一路上我的思绪一直神游，不时看看时间，盼着能快点到长沙，这样就能和闫我我在一起了。

到站后，我排队下车，人还没从动车上下来，便看见站台上，闫我我已经下车了。他正守在我车厢门前，视线越过人群，望眼欲穿地等着我。

我忍不住笑了，小跑过去，习惯性地伸手握住他的手：“一路上有没有想我？”

“没。太累，睡着了。”他打个哈欠。

我很不高兴，我知道是我矫情：“都分开快三个小时了，你就没有一秒钟想起我？”

他横我一眼，充满报复地说：“三个小时算什么？你还要在美国待几年？这些年，我不都是这么生扛过来的？”

呃……

我决定终结这个伤感的话题。

我暂时还没回国的打算。

· 008 ·

距离晚上七点还有好些时间，闫我我问我想去哪里消磨，我不假思索地说：“我要去吃臭豆腐，我要去买海盐芝士。”

我特喜欢吃长沙臭豆腐。悦方附近有一家，好像叫黑色经典，味道特别好，经常排长龙。

尽管欣赏不来臭豆腐散发的味道，但闫我我还是秉着“爱妻”原则带我到了悦方。他在长沙工作过两年，这座城市对他而言并不陌生，他轻车熟路地找到了那家臭豆腐店。

我有一个不良习惯，每次吃完臭豆腐，就必须要他亲吻我。我相信我不是唯一一个喜欢这么干的。

他排队给我买好了臭豆腐，看我在一旁吃得挺香，忍不住拿起竹签挑起一块吃了。

我挺惊讶：“你不是不喜欢吃吗？”

他头也不抬，一边细嚼慢咽一边说：“我喜不喜欢不都得吃吗？待会儿还要啃你油腻的嘴，还不如先吃一块热热身。”

“……”

• 009 •

谢天谢地，晚上我们顺利搭上 T264。

一上车我就趴在下铺，心里激动万分——

啊，T264 是 T264，我和你擦肩而过整整七个小时啊！中午你为什么不再等等我！

我莫名就感动了，靠到卧铺末端闫我我的身边，很走心地说：“你有没有很感慨，中午我们错过的，晚上又被追回来了。你有没有一种失而复得的感觉？时间啊，真是种微妙的东西。”

某人面无表情，低头玩手机，好像压根没听我讲话。

我懒洋洋地瘫软在他身边，直到这一刻，才完全放松下来，突然就犯困了。

我不知道就这么睡了多久，直到被闫我我摇醒。

我揉揉眼问：“怎么了。”

他扬手指指中铺：“你睡上面。”

“为什么？我要睡下铺。”

“不行。”

“为什么？我要睡下铺！”

“都说了不行，你睡中铺，你要敢半夜下床，我会知道的。”

“我不会半夜下床的。”

“我还不知道你？给我上去睡去。”

我无奈地爬上中铺，发现某人的钱包啊相机啊等所有贵重物品，都整齐地摆放在我枕边。

我躺下后，闫我我站在床边给我掖好了被子，忽而笑了。

“你乐什么呢？”

“把你和贵重物品都放一起了，这个安排很合理。”

“……”

许是这天奔波太过，在 T264 度过的第一晚，我睡得特别沉。

日光从车窗外漏进来，过道不时响起乘客走过的交谈声，我都没在意，一直把头蒙在被窝里。

确定再也睡不着了，我才懒洋洋地睁开眼，不知道下铺的人醒了没，我也没探头朝下看，趴在床边，垂下胳膊。

下铺的人轻轻握住了我的手，他手心的温度比阳光还暖。

我笑了笑，稍稍向床外探头，发现他斜躺着，正朝我看呢。双眼逮住我的目光后，他朝我笑着，笑容带着一点刚醒的睡意。

“喂。”我打趣说，“我是睡在你上铺的兄弟。”

“不，你是睡在我上铺的娘炮。”

“……”

• 010 •

再次来到西藏，我最想去的地方是阿里。

阿里距离拉萨一千二百多公里，再想想，广州到上海也就一千四百多公里，阿里忽然变得很遥远。

从拉萨到阿里，没有大巴没有火车，可选的方式就是租车或报团。

毕竟只有我们两口子，自驾游深入藏区实在不太安全，更何况一路上海拔有高有低，万一闹高原反应，谁都开不了车，卡在中途可就麻烦大了。

最重要的一点是，在西藏旅行不比在别的省份那么容易，首先要办边防证，路途上设置的关口不少，每个关口都要过一遍安检，查车又查人，流程和手续都很繁杂，所以我还是保守地拉着闫我我到旅行社报散客团。

刚好第二天就能出发，我俩兴致勃勃地起了个大清早。

这次的散客团有两辆车，一辆十三座的小巴和一辆普通轿车，司机等于导游，一行十多人浩浩荡荡地出发了。

我和闫我我被安排坐在小巴，尽管有十三座，但算上司机才坐了十人，剩余的空位都被我们用来搁置行李了，别的散客坐轿车。

开车到阿里大概要四天，一路上会有不少风景，我提醒闫我我，能不打瞌睡就别打瞌睡。

出发第一天，我们经过羊卓雍错，又叫羊湖，这是西藏三大圣湖之一，另外两个是纳木错和玛旁雍错。

以前在去珠峰路上，也曾经过羊卓雍错，我和侄女阿芙早就看过这风景，但因为这次有最喜欢的人在身边，心情难免不一样，从前风景也觉新鲜。

闫我我兴致勃勃地拉着我下车，摄影可是他的爱好。

偏偏我这人没有镜头感，在相机前特别木讷呆板，微笑无能，整个就一面瘫。

这么一个我，难为他从不嫌烦。锁定一处风景后，他吩咐我站在指定位置，然后向后退去，用镜头瞄准我，寻找着最理想的角度。

"往左挪一点，头向右转过一些。笑不出就别笑，就这么站着就行。"

我反对："这副样子照出来得多傻？"

"你以为你勉强微笑就不傻了？"

我气馁叹息："我有什么好拍的，你拍风景行不行？"

"不行。别废话，别动。"

天知道闫我我拍一张照片得多费劲，我得站在镜头前变成化石，他才心满意足地按够快门。

有时候我怀疑，他到底是喜欢摄影，还是喜欢享受按下快门的瞬间，那种"咔嚓咔嚓"的快感。

他第一次来羊湖，他才是那个需要与风景留影的人。我主动上前接过相机，命令他站在我之前的位置，而我依样画葫芦，退到他原本坚守的地方。

从镜头里我看见，他一副便秘的表情，怎么都笑不出来。

身为摄影师，我有权对模特提出要求："你能不能高兴点？"

他也气馁，摇头，叹息："一想到你的拍摄技术，我就高兴不起来，我甚至有点绝望。”

岂有此理。

我必须要做点什么证明自己，我“咔嚓咔嚓”地拍了十多张，想着总有一张会合他心意。我把相机递过去，催促某人快看照片，看了没几张，他居然手动删除了！

我急了，一把抢过相机：“你干吗删我拍的照片！”

“不好看啊。”

啧。

我以牙还牙，翻出他拍的我的照片，正要删除，他霸道地夺回相机：“谁让你删我拍的照片了？”

“你拍的也不好看！我都不喜欢，我要删了！”

“不好看我也要留着！你要敢删一张，我就上微博公开你白痴的面目！”

岂有此理，他还讲不讲道理了？！

权衡利弊之后，我决定放低一点姿态，语气温柔地游说他：“我拍的照片就算不好看，你也不能删，你要用爱和善良来包容我的摄影作品。你看，你有我的丑照，我也有你的，这不就公平了吗？”

他翻个白眼，十分不屑地说：“我不需要公平，我需要的是优势。我有你所没有的，才有筹码威胁你。”

岂有此理，不是约好了要一起走完这一生，他如此奸诈是为何？

和我们同乘小巴的都是叔叔阿姨，没什么共同话题，但我和闫我我都很努力地试着融入这个集体。

中午吃饭，叔叔阿姨表示要带我们一起吃，我们愉快地答应了。

饭桌上，叔叔阿姨问我们大学几年级了，怎么谈恋爱谈到西藏来了云云。平日不爱社交的某人此刻显得特别成熟，应付起长辈来一套一套的。

“我们大学毕业了。”

“我和她不只是恋爱关系，还是夫妻关系。”

“我们还没有小孩，但以后会有的。”

……

聊得差不多了，叔叔阿姨步入正题。他们打算在小巴乘客里选出一名组长，组长负责点菜、埋单、组织，我们身为组员要先交五百元饭钱，回拉萨前会结算，多退少补。

我想着反正也就不到十天的时间，从善如流就从善如流吧，于是让闫我我交钱了。

一顿饭下来，我发现我和叔叔阿姨口味不一样，节奏不一样，消费观念更不一样。一桌子九人点五道菜外加一个例汤，我看看在座的每位，好几个叔叔都挺壮实的，我说：“这菜量会不会不够吃啊？”

组长是个瘦子，说：“先吃，吃完不够再点。”

菜一上来，大家动作很快，我和闫我我向来吃饭都是慢慢悠悠的，没夹几口菜，盘子就空了。

再这么下去，吃完这顿还得饿着。外出旅行，除了安全，吃饱睡好最重要。

我看看身边的某人，他还保持着自己的节奏，丝毫没有受到影响，瞧他那副不紧不慢的样子我就来气。

最后一道菜上来，我不客气了，豪放起身，狂把菜往某人碗里夹。

等我恢复冷静坐下后，闫我我直接跟我换了个碗，小声说："你先吃，能吃多少吃多少，吃剩了给我。"

我把碗里的菜分他一半，默默地埋头进食。

瘦子叔担任组长，自己吃得差不多了，也没问下大家吃饱了没，直接招呼服务员结账。

我想开口为自己争取一下，毕竟我交钱了，我得保证自己和老公都吃得饱，大不了从我们账上多扣点钱。

闫我我对我脾性很了解，我才刚放下筷子，他就及时伸手抓住我，我对他也很了解，他每次这么猴急地抓我，准是不让我多嘴。

我谁的脸色都不爱看，但他的我不能不看，只好忍了。

服务员找零后，组长瘦子叔社交性地来一句："大家都吃饱了吧。"

阿西巴，气死个人！

无奈的是，其余几位壮实叔叔都说："吃饱了。"

我能怎么样，只能默默地跟着闫我我走出饭店。

饭店旁边有个小超市，闫我我用哄小孩的温柔语气说：“走呀，给你买好吃的。”

“你自己明明也没吃饱。”我瞪他一眼，埋怨说，“你动作就不能麻利点吗？在这种氛围里吃饭，得用抢的才吃得上。”

他笑了：“还用得着我抢？你不是都站起来拼命往我碗里夹了？也不嫌丢人。”

“我刚刚很丢人？”

“有一点，全世界都知道你怕我饿着了。”他分明一副以我为荣的口气。

搂着我走进小超市后，闫我我又用那副哄小孩的语气说：“今晚我们自己吃，不带叔叔阿姨玩了。中午这顿饭，就不计较了，我们保持风度，好不好？”

“好。”我的脾气来得快去得也快，转瞬又阳光灿烂起来了。

• 012 •

报散客团有风险，我们必须得接受，遇到的每位不一定都是天使，当然我也必须承认，我很多时候并不可爱。

五道菜饭局结束后，我想着以后不和叔叔阿姨吃饭，应该不会再闹矛盾，可我没想到当晚就出现了更大的冲突，有位阿姨居然冲闫我我怒吼。

事情是这样的，当晚司机带我们到宾馆入住，住房都是旅行社提前订好的，至于谁住哪个房间，那都是随机的。

我和闫我我运气不好，分到一个气氛诡异的房间。

怎么个诡异法？

一进房间门，我首先看到一张麻将桌，然后是一张脏兮兮的沙发，沙发旁的茶几上摆了几个烟灰缸，东歪西倒的烟头还没清理。没问题，只要卧室是干净的，区区麻将桌和烟灰缸根本吓不了我。

我从这个类似会所套房的房间里找到另一扇门，推开后看见两张床，确定是卧室无疑。我开灯，灯开了，灯光类似夜店的暗红，对，暗红，整个卧室给了我一种色情场所的错觉。

我不是十分讲究的人都受不了，更别说某个挑剔男，他整张脸都臭了。

但他是个涵养爆棚的人，越生气就越克制，都这样了也没打算找谁吵一架，一手拉着我一手拉着行李，默默地离开了房间。

他到前台要求换房，前台小姐姐说宾馆客满了，所以才给我们安排这种房间。闫我我谢谢她，拉着我走出大门。既然换不了房，他就换宾馆。

我提前跟司机打声招呼，告诉他我们不在这家宾馆住了。

司机是个较真的人，非要到我们的房间观摩一下才肯死心，然后又特别热心地把我们送到另一个宾馆。这个宾馆还有房，房间也符合我们对普通宾馆的定义，我们很开心地住下了。

在房间里休息了一会儿，我们才外出吃晚饭。刚走到宾馆前台，就遇上了司机，我很惊讶，没想到他还没走，客气地和他寒暄两句，意外发现宾馆门口停着一辆小巴和一辆轿车，不正是我们散客团的车吗？

司机居然把整个团都拉来了？

看出我的疑惑，司机笑笑解释，有的游客也分到了和我同款的房间，无能接受，一致要求换房，他索性把大家都带来了。

我好歹是见过世面的人，一眼洞悉司机的心机，他把大家都带来，还不是因为这家宾馆开出的回扣条件更诱人。

我没在意，挽着闫我我走出宾馆，迎面走来的阿姨劈头盖脸地冲他吼："你把我们都喊过来干什么！"

闫我我怔了怔，保持礼貌地说："换宾馆是我个人意愿，我没有勉强任何人，您确定是我要您过来的？"

阿姨又扯着嗓门嚷嚷了几句，由于她声音太尖，刺激得我的火气噌地上来了。

闫我我能忍，我不能忍，打算和对方开火，他看着苗头不对，赶紧把我拉走了。

我特别不能理解这种息事宁人的做法："你没必要因为对方是女性又是长辈，就处处让着啊，拿出你平时气我的架势来！"

他笑笑，"我喜欢气你，还不是因为我喜欢你，我又不喜欢老阿姨，干吗要气她，浪费力气。"

缘分是种奇妙又微妙的东西。

小巴的叔叔阿姨和我们没什么共同话题，轿车里的几位游客反倒和我们熟络了起来，因为他们需要找人帮忙拍合照。

闫我我总挂着相机，给人一种挺会拍照的感觉，大家便都找他帮忙了。我是一名毫无作为的旁观者，只能在某人拍完照后充当社交担当，说，如果不满意尽管开口，他不介意帮你们重拍哟。

大家点头连声道谢，如此一来一回就聊开了。

那一车子人里，有个小鲜肉和我特别投缘，渐渐地他和闫我我也熟了。闫我我跟我说，总感觉小鲜肉的声音像某个名人。

由于不知道小鲜肉的真实姓名，于是背地里我称呼他小郭。

小郭身高和闫我我差不多，体重估计也差不多，很瘦，长得挺好看，性格比闫我我开朗，也比闫我我和蔼。

自从不和叔叔阿姨一起吃饭后，我俩经常和小郭一起吃饭。有次我不小心说漏了嘴：“小郭，你也要多吃肉啊，那么瘦。”

小郭怔了怔，抬头看看我。

意识到自己暴露了，我也不慌，淡定地笑笑解释：“我家那位说，你的声音像某个名人，所以每次说起你我就称呼你小郭。我总不能用‘那个人’‘那个好看的瘦子’‘那个看起来好像能听懂粤语的瘦子’来形容你，太麻烦了。”

小郭说，他一点不介意我称呼他小郭。

至于他怎么看着像能听懂粤语，我的直觉没有错，他也是广东人。尽管如此，我几乎不用粤语和小郭交流，某人会听不懂。

• 014 •

萨嘎是西藏一个偏远小县城，在去客栈的路上，我看见路边拉着横幅，大概写着“重建灾区”之类的标语。

对此，我的推论是，尼泊尔距离西藏很近，也许是那边发生过地震，波及了西藏，萨嘎未能幸免。

既然是灾区，住宿条件会相对艰苦些，我也做好了心理准备，不知怎的，当时心里还有点小兴奋。

下榻的客栈是典型的藏式建筑，客房前有个还算别致的小庭院，格桑花随处可见，庭院另一侧衔接茶楼，也是典型的藏式建筑，属于客栈的一部分。玻璃窗上贴着“Wifi/甜茶”等汉字告示语，莫名戳中我的笑点。此处虽然偏远，却很接地气，老板正用咱们汉族的方式招揽生意呢。

客栈的老板和服务员都是藏族姑娘，她们穿着一袭散发着浓郁民族气息的藏服，快及腰的长发编成几条辫子，笑起来淳朴又可爱。她们的中文算不上顺溜，听着有点像外国人的普通话，我觉得好萌。

服务员给我们分配客房，小郭和他表哥住我隔壁。他一放下行李就跑来找我和某人，随后我们一起去吃晚饭，回客栈后又在茶楼待了一会儿。

整个散客团的人几乎都聚在茶楼里，轿车司机是藏族小伙，热情又奔放，不停地招呼大家喝酒。

看闫我我安静地坐在一边蹭着 Wifi 玩手机，司机走来拍拍他的肩膀，递给他一罐啤酒。

闫我我看看我，我摇摇头，他会意地推开啤酒："谢谢，我不喝。"

藏族小伙朝我笑笑："女人不应该管男人，你管太多了。"

我说："女人不应该管男人，但妻子应该管丈夫。萨嘎县海拔至少四千五百米，你是土生土长的西藏人，喝点酒当然没事，我先生不行。"

藏族小伙又再拍拍闫我我的肩膀，开玩笑说："你应该反抗，别听她的。"

同团的年轻人喝爽了，也都来劝："哎呀喝点小酒没事的，啤酒而已。"

一个女生看看我，也急着充当意见领袖，为闫我我抱不平："你有点紧张过度了啊，就算是自己的丈夫也不能管太严，会吓跑他的。"

然后她把酒递给闫我我："喝两杯啊？"

这次闫我我压根没看我眼色，特别坚决地推开酒杯，然后朝我身边靠了靠，好像要向全世界印证对我的爱意似的，一把搂住我说："这位不批准，我真不喝了，今晚还得照顾她。"

不一会儿小郭的表哥冲出去呕吐，大家也没在意，只当他是喝多了。回茶楼后表哥独自坐在一边缓了片刻，最后还是没缓过来，只好走到酒桌边跟大伙儿说，要先回去休息了，他头痛得厉害，感觉胸口气闷，浑身也发热，像发烧一样。

最后他说："我好像真的有点高原反应，大家还是少喝点酒比较好。"

然后他走了。

我和闫我我放心不下表哥，送他回了房间。

互道晚安时，表哥对闫我我说："好在你听你老婆话，我现在难受死了。"

回房后，我问某人。

"我真的管你管得太严了吗？大家怎么都说我？"

"管他们说什么，你管得严不严不重要，反正有人乐意被你这么管着。"

我始终意难平，十分纠结地说："你有没有留意那些人劝你喝酒的样子？他们可是一脸的同情啊，好像你是个常年被妻子家暴的丈夫。"

闫我我笑笑说："别想那些话了。有的人不想被管，还不是因为他从没深切体会过这种幸福。"

"可我事事管着，你受得了啊？"

“受得了。受不了也得受着，都把你娶回家了，还会嫌你管这管那的啊？既然我选择了婚姻，就得坦然接受婚姻的制裁啊。”

婚姻的制裁……

第二天表哥起不了床，高原反应发烧了，虽然耽误了一点行程，但大家都格外体谅他。

彼时，某人幽幽地说了句风凉话：“幸好我听话。”

大家看他一眼，无奈的无奈，气结的气结，就是没人反驳。

我拉拉他的手，瞪他一眼：“干吗在这时候说这种话。”

对此，他本人给出的官方解释是——

“昨晚你被说了几句，不是心理不平衡吗？我把该说的说了，看以后谁敢说你管太多。”

我服气……

·015·

昨晚回房后不久，客栈服务员给各个房间送了蜡烛。问起缘由，藏族姑娘说，萨嘎随时停电，蜡烛随时用得上。

她没危言耸听，在她走后不久，整个萨嘎都停电了。

我和闫我我早早上床歇下了，停电对我影响不大，可我有午夜上洗手间的习惯……

客房没有内设洗手间，假如我半夜内急，只能起床点蜡，出门走到长廊另一头，再拐个弯，才到目的地。

我决定咬牙熬过一晚，打死不喝一口水，奈何事与愿违，我没能战胜旧习惯，半夜急醒了。

我忍啊忍啊忍，翻来覆去好几回，彻底清醒了，再也憋不住了。

我小心翼翼下床，鞋子还没穿好，闫我我就起来了。

“我吵醒你啦？”

“我陪你去。”

“……”

我动动脚指头他就知道我要干吗，这大概是生活打磨出来的夫妻默契。

我本来有点内疚，突然有点感动，就算是件小事，也足够让我感慨，爱上他有多么好。

海拔高的地方也特别冷，闫我我点燃蜡烛照亮房间，然后给我披上冲锋衣，他自己也穿上那件上官喆黑外套，然后开了手机的照明功能，带我走出房间。

我感觉走廊的距离被黑暗拉长了，我心里有点害怕，脑海里闪过几部曾经看过的恐怖片。

洗手间没有男女之分，刚推开门，我就嗅到了一阵恶臭。

闫我我尾随我走进洗手间，轻声告诉我：“门坏了，幸好我跟来了，不然谁替你把守。”

我捂着鼻子解决内急，彻底没了脾气说：“把不把守也没关系了，就这股‘飘香’的味道谁还有心思偷窥啊，而且我又不是倾城倾国貌，就一普通已婚妇女，上个厕所有什么好看的。”

“我的意思是，要没我把守，万一被什么人撞见了，对方很有可能会受到惊吓，普通已婚妇女。”

“……”

• 016 •

普兰有四星级酒店，我们一行人高兴得不得了，终于能睡一晚舒服觉。

小巴和轿车抵达酒店的时间不同，轿车明显走得更快，我们到的时候，小郭那一车人早办好了入住手续回房了。

我和闫我我领了房卡，到房间后二话不说倒在床上，恨不得睡他个昏天暗地。

房间是标间，我俩当大床房用，一张床堆衣物行李，另一张床用来睡觉。

我隐约听见小郭的声音，鞋子也没穿，穿着袜子跑过去开了房门探出头去。

果然，他正逐间逐间地叩着房门，询问和我们同车的叔叔阿姨：“请问你知道和你们同车的那对小夫妻住哪个房间吗？”

“我们住这儿。”我笑着朝他招招手。

小郭快步走来，进房后和我们两口子有一搭没一搭地聊了几分钟，和我们约好二十分钟后在酒店门口碰面，一起外出散步。

当时才下午五点不到，我们一行人打算去逛逛普兰边贸市场。普兰与尼泊尔和印度相邻，边贸市场有不少这两个国家的进口商品。

小郭一路和我聊着，他表哥和闫我我交流拍摄技术，他俩都是摄影发烧友。

边贸市场规模不算特别大，但商品种类不少，有吃的有玩的有首饰也有生活用品。

我不是那种喜欢逛街的人，但闫我我是。就算把他放在一堆锅碗瓢盆里，他也能乐此不疲地看俩小时，边贸市场简直就是他的天堂。

他很有耐心，一家家商铺仔细看过去，我没看几分钟就厌烦了，哈欠连连。

“有什么好看的？”我不停地翻白眼，随意将目光落在一张毯子上。

闫我我瞅我一眼，不屑回应我，好像我是个不学无术的公子哥似的。

我说：“咱不逛商店了，我带你去看好看的姑娘好不好？”

“不好。”

“好看的姑娘不比这些东西有趣多了？”

“我喜欢看那种又蠢又懒又赖皮的，你刚好都符合。”

“……”

“那我先回酒店行不行，我认得路，你跟小郭吃完饭了给我打包一份。”

“我跟小郭吃完饭了给你打一顿。”

……好好好，我不回酒店了，我陪你逛还不行吗！

• 017 •

闫我我从下午逛到日落西山，小郭那一车的女生也逛到忘乎所以，直到大家求着她别再逛了该吃饭了，她才勉强归队。

我觉得她和闫我我可以组个霹雳购物二人组，针对宅男宅女进行游街直播。

想着想着我乐了，坦坦荡荡地把想法分享给某人。

他板着脸说：“我和那个女生不一样，我光看不买，我知道自己真正需要什么。”

我撇撇嘴：“不买还看？”

“废话，街上走着的女人我也不娶，我不也得正眼瞧一下啊？”

“你承认你看姑娘了？”

“对啊。”

“你为什么要看姑娘啊？”

“尊重，respect，人家正面走过来，我还能无视不成啊？”

神经病……

· 018 ·

我们一行人都累了，随意走进一家馆子。馆子地方不大，除了我们还有零散的三两个食客。我们小两口坐一桌，小郭那一车子人坐一桌。

我点了碗面，闫我我在这方面向来依赖我，我吃啥他吃啥，盲目跟风。

小郭“身在曹营心在汉”，整顿饭下来一直和我俩说话，看我吃面吃得香他还特地跑去把自己的盖饭换成面食。

我这桌才两口人，下单快上菜快，我吃了半碗就饱了，起身到隔壁小店买汽水喝，闫我我仍在店里默默吃面。

我刚走进小店，就进来一个陌生人，紧接着小郭的表哥也来了，他走到我身边，不时警惕地看看我身后的陌生人，等对方离开后，才对我说：“我弟不放心你，让我跟来了。”

“为什么？”

“你一走出馆子就有个男人跟出来了，那个人好像一直在听我们谈话，我还以为是我弟多心呢，结果一进小店就碰见了他。”

“那个人想干吗？看我一个女的离开，以为我要一个人走，想趁机打劫？”

“不是完全没有可能。”

我猛地一激灵，回到馆子后向小郭投去感激的眼神。

他心领神会，笑说：“你们吃完等等我们，天黑了，一起走比较安全。”

我说好，回头对闫我我说起这段插曲，末了不忘声讨他："你太大意了，居然放任我只身一人到隔壁买汽水，万一我出事了，看你怎么办！"

他沉默了半分钟，似是很认真地检讨过了，略有愧色的脸上忽而染上几分威严。他非常不满地瞪我一眼，追究说："刚刚，是不是你趁我低头喝汤，一眨眼就溜了？"

我不太好意思正面回答，干脆一言不发。

他伸手抓住我，开始有些后怕："以后不要擅自行动。吃饭的时候我整个人处于放松状态，总有疏忽的时候，你要自觉点，凡事要主动要求我陪着，哪怕只是去上洗手间。"

他长舒一口气，那眼神好像在说——好险，好在没发生让人痛悔的事。

在回酒店的路上，他郑重其事地向小郭道了谢。

• 019 •

古格王朝是我来阿里的终极目的。

这座城就像庞贝，于三百年前一夜间消失，万千宫阙都作土。不论是王权、宫殿还是内乱，霸主的威仪、劳碌的子民还是曾经的生机都不复存在，再也没有人对它虎视眈眈。

这个前后有过十六个国王的地方，最后只剩寥寥生还者，他们的后人隐居于四周，不敢忘记它的过去。

二十世纪，一个英国人发现了它。近十年间，它才从一片供人考察的废墟正式成为旅游景点。我想看看它的遗迹，仰望它的破败。就算它曾经失落，它也永恒伟大。

车子驶入一片绵延土林，除去黄土黄沙和寂静，蓝天白云是它唯一的装饰。古格王朝就筑在这片奇葩的土林之上。

我站在车边朝它放眼望去，不由得深吸一口气，就像朝圣者对神殿由衷发出的一声喟叹。

当年，地位越高住得也越高，所以王室建筑都集中在山顶，四周全是悬崖峭壁。

王城大概还维持着它被发现时的样子，没有太多旅游设施，“景区”味道不重，沿途我没看见破坏原貌的护栏，也没看见写着“不要随地丢垃圾”的警示牌。

往山上走的小道很窄，偶尔会经过险陡路段。小时候我妈为了让我强身健体，给我报过四年武术班，我好歹拿过区第二名、市第七名的成绩，身手尚算灵敏。

但闫我我非要抓着我的手，不时提醒我“注意”“小心”，我总感觉自己耳朵里装了一台复读机。

他一副处处保护我的样子，让我觉得自己很笨拙。我怀疑他是故意的。

好不容易爬到顶层，此处有个小斜坡，做个助跑冲上去，就能占据整座王城的最高位置。那里能俯瞰整片土林，这大概是最佳视觉位。

小郭那一车子人纷纷爬了上去，四人很有造型地站在王城之巅，热情地朝我们招呼，催促我们登顶。

我朝上张望，发现上头没有任何护栏，位置不算宽敞，游客切换位置时，相互间需要侧身退让，才能顺利通过。外头是一面峭壁，稍有不慎，后果不堪设想。

闫我我问我："上去吗？"

我说不去。

那一车子人还在招呼，要闫我我上去帮忙拍大合照。

他又问："我可以上去吗？"

我斩钉截铁地说："绝对不可以。"

"我就在这里给你们拍。"闫我我稍稍提高音量朝上头的人说。

他们不停招手："上来嘛，怕什么。"

"不上了。"

我看出闫我我很想上去看个究竟，但他在拒绝时态度特别坚决，别人也不好再劝说。

我问："好不容易来一次，我不让你上去看看，你会不会觉得有点遗憾？"

"不会，有什么可遗憾的。上面就比这里高几米，没差，从这儿也能看到全景，上面确实不安全。"

不一会儿那一车子人下来，和我们一起下山，喜欢当意见领袖的女生在我身边走着，又开始为闫我我"打抱不平"了："你管你先生管得挺厉害的，男人其实不喜欢被人这么管着。"

我懒得理她。

他是我的有且仅有，我怎么能眼睁睁地看他冒险。即便事故概率只有 0.001%，我也无法面对这 0.001% 失去他的可能性。

我惊觉，曾经横冲直撞的我，竟也变得这样谨小慎微。

· 020 ·

当晚在札达休息。

札达海拔三千七百米，距离拉萨一千七百多公里，比广州到上海还远。就这么几天，我们竟已跑了这么远的路。

一行人奔波了一天都累了，吃过晚饭基本都睡下了，我洗漱完毕，也打算早早上床。

小郭和他表哥来敲门，问我们要不要一起去看星星。

我当时的真实想法是——

不去不去，打死也不去，我不要星星，我要被窝。

我暗暗观察闫我我，他两眼放光，第一时间去检查相机有没有电。

见我迟迟没表态，他有点紧张，问我："去吗？"

我说去，他当场松了口气。

我知道，他技痒了，要不让他去拍几张星空图，他会一整晚翻来覆去心瘾难耐的。我无奈叹口气，在心里默默赞美自己，我真是个体贴又慈祥的妻子啊。

我穿上冲锋衣出门，尽管是七八月的天，但在高原上分分钟下雪，冻得人瑟瑟发抖。

不确定他们要在外头待多久，我在保温瓶里灌满热水，才跟着三个男人走进冷风肆虐的高原夜。

札达和我之前到过的所有县城一样，并不特别“现代化”，反倒让人有种远离闹市和尘嚣的感觉。

离我们下榻的旅馆不远有座塔，小郭的表哥一路上跟我们说：“我吃完饭后到过好几个地方踩点，塔那边最适合观星拍照。”

闫我我频频点头，越听越走越兴奋。

他确实该兴奋。

我抬头看天，“满天星星”这个形容我经常在书里看到，但我从未亲眼见到，我没想过居然有幸亲身见证这一幕。

身在高原，此刻的我离天更近，我真有一种“手可摘星辰”的感觉。

四周很黑，没有路灯，我们无法得知塔的名字。塔的四周很空旷，没有人家也没有田野。

闫我我和表哥开始忙碌起来，二人说着我听不懂的词，特认真地交流着要怎么把天上的星星收进相机里。

我和小郭无所事事地站在一旁，一边哆嗦一边闲聊。

小郭示意我睁大眼睛仔细看，把手伸进冷风中向我比画：“你有看到北斗七星吗？在那边，像个勺子。”

我特激动特兴奋，今晚值了，欢呼着朝闫我我喊：“你要拍好一点啊，不然今晚你就睡这儿吧，别回去了。”

他懊恼地朝我喊：“没把三脚架带来，好后悔，都怪你，整天说要轻装上阵，多带包纸巾都觉得沉。”

西藏 札达星空

"漫天星，身边人，都是最美的相遇。"

我朝他翻个白眼，没心情听他抱怨，回头继续和小郭聊天。这一路阿里之旅，小郭就像是我失散多年的弟弟，跟我特别投缘。

不一会儿，闫我我撇下表哥朝我跑来，因为高原夜间冷，他连呼吸都冒着白汽。

我问："怎么了，拍好了？"

他摇摇头，问："你冷不冷，累不累，要不要我先送你回去休息，好像越来越冷了。"

我笑说："没关系，我陪你。"

然后从保温瓶里倒出一杯热水给他，他像打了鸡血似的，确定我没有想走的意思，又兴冲冲地回去找表哥复合了。

小郭在一旁感叹："你们两个感情好好啊。"

我说："感情不好能结婚吗？"

小郭问："你们是怎么认识的？大学同学吗？"

"才不，我和他啊……一切从网恋开始。"

小郭特惊奇："网恋？！"

"是啊，网恋奔现。"

小郭点点头："网恋奔现有很多，奔到结婚很难得。"

可不是吗，从网恋到结婚，我和他熬了多少个春秋。

我心里美滋滋的。

某人又跑过来。

我问："怎么了。"

他搂了搂我，示意我看看天边，一团状似龙卷风的东西。从我这个角度望去，它刚好定格在一棵绿树后，平地而起，直入云霄。

"那是银河。"闫我我情绪特别好，低头摆弄相机跟我分享当晚的成果，"我拍下它了，你看，喜欢吗？"

"喜欢你。"我对他眨眨眼。

闫我我会心一笑，脑袋靠过来和我的碰了一下，像干杯一样。

风景之所以美，还不是因为看风景的心情美，心情之所以美，还不是因为喜欢的人在身边作陪。

也就只有和心爱的人在一起，才能丰收好风景和好心情。

照片里，银河在那棵绿树映衬下，轮廓格外清晰，就像我身边的笑脸，美好又真实地印在我心上。

• 021 •

到冈仁波齐。

有过札达那晚的美好星空之后，表哥和闫我我都意犹未尽，还想再次夜出，再度感受高原的夜晚。

怎么说好呢，我不是摄影发烧友，对我而言那晚的星空确实很美，但晚风也确实很冷啊！

表哥问我："今晚还要不要一起去？"

我反问他："小郭要去吗？"

"他主要看你们，你们去他就去，你们不去，我就得一个人去。"

好可怜……

我扶额："去吧。"

闫我我和表哥如蒙大赦。

表哥之所以问我，还不是因为他知道某人在这种事上做不了主。我可以拒绝某人，但我不忍心拒绝表哥。

半夜一个人外出拍星空太危险了，更何况表哥对我有过"救命之恩"呢，是我该"涌泉相报"的时候了。

当晚，我们四人如法炮制，各扛各的"家伙"，很有气势地走进一片旷野。小郭在我右边走着，闫我我在我左边走着，表哥在他左边走着。

一路上我们走走停停，主要因为表哥和闫我我都很磨叽。

他俩每走几米就要停下来找拍摄角度，还要拍摄几张以辨别是不是最佳位置，我和小郭按捺住满腹牢骚，那句“真的烦死你们了”好几次要脱口而出。

来来回回折腾了几番，他俩终于选定战壕，我和小郭总算可以优哉游哉地嗑瓜子聊天了。

可没过多久，我们听到了奇怪的声音。

“嗷——”

是动物的声音，绵长哀怨又恐怖。

我们四人面面相觑，警惕地朝四周看看，没看见什么可疑物体。

叫声一声接一声响起，我非常害怕：“香蕉个菠萝，这是狗还是狼啊……”

一时间，大家无法给出明确答案，但有一点是肯定的，这些叫声不属于同一声源，这是群嗥。

也就是说……不论是狗是狼是别的什么，数量都不止一个。

我们不敢再逗留，没命地往酒店跑。

小郭嫌我跑得慢，伸手抢过我的保温瓶，替我减轻了一点负担。

闫我我拉着我把我甩到前头，自己退到我身后跑。那架势分明在说，不管有什么情况，反正有他给我殿后，如果真遇上危险，他会比我先受伤。

我一句废话都不敢说，加快脚步跑，在女生当中，我应该算跑得比较快的。

谢天谢地，我们安全回到酒店。

停下来后，我们四人都笑了，表哥说："也许只是狗叫而已，是我们自己吓自己。"

我喘着气说："不是我们自己吓自己，是那些叫声太惊悚了，跟恐怖片一模一样，外面又没有路灯，黑漆漆一片，吓死人。"

表哥心有余悸，笑说："好在我不是一个人外出，今晚就算你们都不去，我也是铁了心要自己去的。"

互道晚安后，我们各自回房。

我问闫我我："如果刚刚遇着的是狼，我们又跑不过，那怎么办？"

"还能怎么办，只能打群架了，你有保温瓶，我和表哥有相机，小郭可以蹲地上捡石头。如果真遇上了狼，唯一的生机就是搏斗。好歹我们有四人，赢面还是有的。"

我做作地卖弄娇柔，说："我怎么敢和狼打架，你太高估我了。"

"嗬。"某人嘴角抽搐，"打我你倒是下得了手，不敢打狼？谁信啊。"

"……"

第七章

要一起看《真爱至上》吗？

·001·

回到拉萨。

我们和小郭道别，互加了微信、QQ，到现在还保持联系。收获了一个朋友，这趟旅程很值了。

吃过晚饭，天还没黑，我带闫我我到布达拉宫广场。

广场有人在唱着西藏民歌，可爱的藏族姑娘正在起舞。

我问闫我我："你要不要拍照？"

"拍什么？"

"民风民俗啊，藏族姑娘跳藏族舞呢，应该拍照留念的。"

"好。"他开了相机，动动指头发号施令，"你过去，跟她们一起跳。"

"为什么啊，我不跳。"

"你不跳我怎么拍？万一藏族姑娘介意我的镜头呢。"

也对……

"可我介意跳舞啊。"

"你介意不要紧，你介意我也能拍，你嫁我了啊。"

"……"

"我跳得很难看很丢人好不好？！"

"没事，在我面前丢人不算丢人。"

"……"

• 002 •

离开西藏后，我和闫我我到兰州玩了两天。距离我回美国还有一周不到的时间。

我们接下来的行程是，晚上从兰州乘坐火车到北京，刚好可以在火车上睡一晚，再在北京逗留两三天，然后分开，我会搭乘飞往西雅图的航班，他坐飞机回连云港。

从兰州到北京是晚上八点半的火车，说起来羞耻，我和闫我我在下午因为某件小事吵架了，更羞耻的是，我们吵得特别凶，凶得有那么一瞬间，我觉得自己可以和他分手。

我扭头就走，拦下出租车回了酒店。他去了哪里我不知道。

我到酒店前台取了行李，在一旁的沙发上坐了一会儿，他便从外头回来了。他走到我身边，一言不发地坐着，看样子没道歉的打算，我拿起行李走出酒店，独自往火车站走。

这几年待在美国，我没有保留中国的手机号码，闫我我没办法通过手机联络我。

开始检票了，我硬着心肠独自上了火车。

我在下铺坐了一会儿，直到列车长开始广播——

“各位旅客，您乘坐的Z56，从兰州开往北京西的列车就要发车了，请送站的旅客抓紧时间下车。”

我急了，闫我我还没上车呢！

我看看 iPad 上的时间，听见乘务员已经锁上了车厢门。我拿起行李就往车厢口跑，刚好与乘务员撞了个满怀。

“我要下车！”我强烈要求。

乘务员劝说：“假如你现在下车了，就不能上车了，你明白吗？”

“我明白，我有急事，我必须下车！”

在列车开出前一分钟，我下车了。

我没有去想闫我我为什么不上火车，我相信他一定是被什么事耽误了，他一定不是故意的。

我最怕的是，他会不会出什么事了。

我突然非常后悔，我不该那么决绝地扭头就走的。我的脑洞开始大开，想着某人会不会因为魂不守舍集中不了精神，导致过马路被车撞了诸如此类。

站台上，我遇见一个穿着制服的列车员，她正用对讲机说些什么，我快步走过去，问她借了手机。

她见我一脸焦急，没怀疑没多问没耽搁，马上把手机借我了。天底下还是好人多啊。

我给闫我我拨了电话，问他：

“在哪儿？”

“我在检票口。”

“火车都开车了。”

“我知道，我刚把手机落酒店沙发上了，又跑回去取了，来回就耽搁了，你没走啊？”他居然笑了。

我也笑了："哼，在火车站售票口等我。"

我挂了电话，谢过列车员，急匆匆地跑到售票口，闫我我就站在那里，我一头栽进他怀里。

他抱着我，拍拍我的背。

我推开他，心有余悸地说："我还以为你出什么事了，吓死我了。"

他瞪我一眼："真那么担心我，就不要扭头就走，自己坐出租跑了，到酒店又自己走了，这都是什么毛病？"

"如果我今晚真一个人去了北京，你怎么办？"

"还能怎么办，去追你呀。我可以坐飞机比你先到北京，再去北京西出站口等你，反正你跑不了。现在你知错了没？"

嗬，"我哪儿错了？明明是你先激怒我。"

"反正谁先走就谁错。"

"那好吧，以后我不走。"

"嗯，以后不许走。"

当时，谁也没想到这话会一语成谶。

·003·

错过了去北京的火车，我和闫我我将错就错，坐飞机去了天津，在天津玩了一天。

天津离北京很近，坐大巴三小时左右的路程，一路上下着小雨，我靠在他肩上睡着了。

晚上到达北京时，我的行李丢了。衣服没了没关系，电脑没了可把我急坏了，里头有我的稿子！

我连忙找大巴司机沟通，很有可能是中途下车的旅客拿错了行李。大巴司机好像不太爱管这事，我只好报警了。

警方质问大巴司机，从天津到北京这一路上，中间没有停靠站，大巴司机为什么要在中途停车？

大巴司机无言以对。

在警方帮忙下，我们联系上了那个粗心大意的乘客，那个乘客住在北京和河北省交界的地方，警方要求大巴司机送我们去取行李。

到了交界的地方，我和那个乘客碰面，好家伙，居然提出以两百块作为答谢费，才肯把行李归还。

我窝了一肚子火，这时候再也忍不住，冲乘客大吼："先生，是你拿错我的行李，怎么反倒要我掏钱感谢你的归还了？难道不应该是你出钱赔偿我的精神损失？你害我奔波了这一路，白白浪费了这么多时间和精力。赔钱！四百！"

我摊摊手。

闫我我生怕乘客对我动手，格外冷静地补充："我们已经报警了，不然也不可能找到你的联系方式，你要是不想赔钱也行，把行李还给我们。"

乘客悻悻然地从自己的车里取出我的行李。

我和闫我我回了北京。

我累得半死，想到没几天就要和喜欢的人分开，未来简直让人提不起劲儿。

一个念头强烈地驱使着我——

我不能搭上飞往西雅图的航班。

当时，我一定是脑子被门夹了，才会鬼使神差地拿起闫我我的手机，给航空公司拨了电话申请退票。

闫我我在一旁目瞪口呆地听着，半天没反应过来。

我说："我退票了。"

他愣了愣："改签了？"

"不，我退票了，我不回西雅图了。"

"学业怎么办？"

"不读了，反正我早就大学毕业了，多一个文凭不多。"

"那……西雅图的行李怎么办？"

"我会联系Lita，让她寄给我。"

闫我我看了我很久，一时不太敢相信："真的不走了？不回美国了？"

"嗯，不走了，下次我如果还回美国，肯定也是和你一起。"

他还是很迟钝，声音很轻地问："你会后悔吗？"

我耸耸肩："我怎么会后悔，和你分开了这么久，才是我该后悔的事，以后每一天，我都要和你在一起。"

他扑过来抱住我。

其实在那一瞬间，我整个脑袋都是蒙的，我也不敢相信，我就这么留下来了。

但有一点我是确信的，坚定的，我不想走。

不做自己不想的事，准不会后悔。

• 004 •

我和闫我我决定好好庆祝一番。

这阵子舟车劳顿，晚上又上演了一出“行李寻回记”，我实在没胃口吃大鱼大肉，我们去吃了烤串。

闫我我带我去了一家不错的烧烤店，老板特别亲切和蔼。

上菜后，我一边吃一边问某人：“我不走你是不是特别高兴。”

他傲娇不肯承认，默默低头玩手机。

我不高兴了：“你在干什么？”

他特有底气地说：“给你买机票，过两天我们一起回家。”

• 005 •

那晚我分别给好朋友和父母去了电话，告诉他们我不回西雅图了。

朋友 A 问：“闫我我是不是高兴坏了？”

我说：“他还行，没有很激动，但心情很好。”

“那你打算回广州还是待在连云港？”

“连云港，嫁鸡随鸡嘛。”

“哼，那对我没差，反正都见不了面，你就不能回广州吗？”

某人在我身边插嘴：“等我看看哪天有假期，再陪她回广州。”

朋友A悻悻然地说：“他居然偷听？幸好我没说他坏话。”

某人说：“我没偷听，我让她开了免提。”

“……”

朋友B的反应比较激烈。

她非常不高兴地批评我：“你总是这样，以前说走就走，一点心理准备都不给人，现在说放弃就放弃，一点都不负责任。”

我默默地听她训话了十多分钟，她巴拉巴拉地说：“你以为人人都有这样的家庭实力，说出国就出国？既然都出去这么些年了，为什么不坚持念完书再回来，你现在买票回去还来得及，你怎么不吭声？你有在听吗？！”

“有。”我揉揉耳朵，“我是坚持不下去了，一个人在外面太累了。越在外头漂泊久了，越意识到待在家里有多幸福。”

朋友B质问：“是不是闫我我不让你走？”

某人在我身旁搭腔：“我不让她走？我不让她走她当初能走？她都走多久了？她是良心发现才决定留下来。”

朋友B吓一跳，直接挂断电话。

至于我爸我妈，反应皆在意料之中。

我爸是那种，天天盼着儿女有多远走多远，可真走远了，他又吵着嚷着要你回来。

知道我不走后，我爸特别高兴，一颗心总算定下来了。

他老人家当晚就有了主意："我朋友的公司在招财务总监，很适合你，你要不要回来？"

我毫不犹豫地拒绝了。

我爸说："我也可以给闫我我安排一份工作，你们两个都回来这边发展啊？"

我说："不用，闫我我不喜欢别人帮他安排，他有自己的打算，我暂时不回广东了，我在连云港过得也挺好。"

就这样，新生活开始了。

•006•

到家后，我和闫我我把行李随意地扔在客厅，二人靠在一起瘫软在沙发上。

我感慨道："太好了，终于到家了。"

他也感慨道："太好了，终于不用掰着手指头算着你离开的时间了，也不用看日期盼着你回来的那天。"

当晚睡下后，他抱我抱得都特别紧，居然还说梦话了。

第二天醒来后，我睁眼看看他。

他已经醒了，对我傻傻地笑："嗬，昨晚做梦吓我一跳，差点忘了你已经退票了。”

接下来好长一段时间，他都在感慨，感慨这些年他就这么等着我，感慨我终于老老实实待在他身边了。

我也很感慨，终于可以在一起了。

我受够了分开的滋味，余生要和他长相厮守。

·007·

闫我我是个对梦境特别较真的人。如果在梦里我没有表现好，他醒来后会认真跟我发脾气。

“我昨晚梦到你吸毒！”

我无语。

“你为什么要吸毒！”

那只是个梦啊哥哥！

“你真的吓坏我了，好端端一个闫太太，吸什么毒！”

“……”

“我昨晚梦见你出轨了！”

我表示很惊讶。

“你死定了你，居然在我梦里出轨，天啊，我真的好生气！”

我觉得他简直不可理喻：“你自己也说啦，那只是个梦，生什么气。”

“是个梦也不行！以后要在我梦里好好表现，再出轨我就不让你来我梦里了！”

“我也不爱去你梦里，你梦点我好的行不行？”

“是你自己不争气！”

“……”

除了做噩梦，某人睡觉还会跟我抢东西，简直不得了了。

“你为什么要抢被子？昨晚冷死我了好吗！”

“怕冷？你不知道要抱紧我啊？”

“你为什么要抢枕头？昨晚你一整晚都睡在我的枕头上！”

“你都睡我床了，还不让我睡睡你枕头啊？”

“你昨晚抢床位啊大哥，还让不让人睡了？！”

“让，只要结婚证在，你就拥有和我抢床位的合法权利。”

“……”

• 008 •

有一回闫我我上洗手间，解急后才发现卷纸篮空了。我正专心码字，听不见他叫唤，他只好上 QQ 找我。

“你好，请问有纸卖吗？擦屁股那种，我没钱。”

我回复：

“没，用手吧，就不给你拿，急死你。”

他回复：

“那我可能要光腚去找你了。”

• 009 •

婆婆喜欢看《非诚勿扰》这档节目，我和闫我我通常会陪她看。

某个周六我在房间里赶稿，节目到点播出了，他从QQ发来信息。

“你再不来，没有男嘉宾给你选了。”

我迅速走出房间和他集结。

我俩坐双人沙发，婆婆一个人坐长沙发。

我突发奇想地说：“要是闫我我上节目，不知道会有多少女嘉宾留灯。”

婆婆很悲观地说：“可能全部都会灭灯吧，那么瘦谁要他。”

“喃。”某人特自信，指指我，“这不就有一个了吗？虽然是个傻子，但也算个人啊。”

“……”

• 010 •

有部电影叫《霍比特人》，电影里最鲜明的人设是——

这个种族特别矮。

每回和闫我我一起看电视，我最受不了的就是美食广告，天知道那些广告看起来有多好吃。

每次看到肯德基、必胜客、麦当劳哪怕是方便面的广告，我都忍不住舔嘴感叹：“好想吃啊。”

其时某人瞪我一眼：“霍比特猪。”

・011・

闫我我就是一只男妖精，专治我，因为我有太多“受不了”了，这统统都是我的弱点，而他很善于加以利用。

譬如，我受不了他回家后不换拖鞋。

每次回家，我都提醒他，换掉鞋子，他装没听见。

我只好拿起拖鞋坐到他身边，耐着性子帮他脱掉鞋袜。

久而久之，这厮习以为常，把这当理所当然。

有一回我让他换鞋，他索性把腿搭上我双膝，顺势给我送了个秋波，意思分明是，“你懂的”。

我粗暴地推开他：“自己动手。”

这妖精做委屈状，发微博控诉——

婚姻出现危机了，质量严重下降！回家老婆不帮我脱鞋！现在趴在床上一筹莫展。

再譬如，我受不了他吃不胖，为这个我都愁死了，总敦促他吃这个吃那个。

有回家里做了虾，我吃得不亦乐乎，他一只也不碰，一副兴趣缺缺的样子。

我说："你怎么不吃虾？"

他说："我不想吃。"

"我剥只给你试试。"

他点点头。

然后我剥一只他吃一只，就这么把整盘吃完了。

没过几天家里又做了虾，他故技重施。

我烦了，骂他："别人都是男朋友剥给女朋友吃好不好？"

他笑笑："你又不是我女朋友。"

我纠正："别人都是老公剥给老婆吃好不好？"

他又笑笑："别人有我这福气？他们只有服气。"

听完后，我家暴的拳头又有些按捺不住了。

• 012 •

某天，我在阳台鼓捣洗衣机。

闫我我刚睡醒，趿拉着拖鞋凑过来，往我唇上吧唧了一口，雄赳赳地说："霸道，我太霸道了！"

• 013 •

我发说说，说自己最爱某某和某某某。

某某评论，么么哒。

某某某评论，么么哒。

闫我我突然入画，评论，呵呵哒。

• 014 •

闫我我试玩一款新游戏，叫《荒野行动》，循例要注册ID。

“哎呀！”他一拍大腿。

我问：“怎么了？”

“我打算ID名叫沙河一霸，没想到这种破名也被占了。”

“那你可以加个狂狷的前缀或后缀，譬如狗屎沙河一霸，或者沙河一霸踩狗屎。”

“嘀，幼稚。我决定叫沙河一霸爸。”

“……”

• 015 •

除了大学期间，某人喝多了喊过我一声“老婆”之外，平日他极少使用这称呼。

“你为什么不喜欢‘老婆’这个称呼？”

“因为这个称呼不好听，‘老太婆’的称呼里也有‘老婆’，我觉得好土。”

我气结：“那你以前为什么要喊？！”

“人生在世，凡事都要试一试，我觉得‘老婆’不太好听，但很想知道被你喊‘老公’是种什么感觉。”

那么问题来了，在别人面前他都怎么介绍我？

一天他发微博：

夫人接了个电话。“你猜今天快递送的是什么？”“不猜。”“哎呀，猜一下嘛，反正也无聊。”“猜这个也很无聊啊。”“哈哈，是喔！为什么人在无聊的时候会做更无聊的事啊？”回家的路上，她走着走着，成了一个问号。

一次他帮我叫快递，快递小哥问他：“××× 是你的名字吗？”

他说：“不是，那是我妻子的名字。”

等他挂掉电话后，我说：“你真的好好笑。”

他瞪我一眼：“有什么好笑的，你就是我妻子啊。”

“那我是不是也要配合你，要喊你‘丈夫’‘夫君’或者‘先生’？”

“你可以继续喊‘老公’，虽然这个称呼和‘老婆’是配对的土，但只要是你喊的，我就能接受，可见我对你的爱有多么深厚。”

“滚。”

• 016 •

里约奥运会，我最期待的是中国女排的表现，我盼着她们夺冠。

小组赛好几场，她们都发挥欠佳，尤其是输给荷兰那场，我做梦都没想到她们会输给荷兰。

在电视机前，我声嘶力竭地喊：

“扣球啊！扣球啊！又扣网上了！”

“拦防准备啊，自由人把球接住行不行！怎么又没接住！”

“进攻应该用背飞啊！”

……

在我喝口可乐喘息的瞬间，我才意识到当我闭嘴之后，屋里特别安静。

我扭头看看某人，他正低头玩手机，我那么吵，难为他还能一脸祥和。

“我有没有吵到你？”

“你别自己气死自己就行。”

“不会，我就是心疼中国队。”

“我心疼你。别喊得那么用力，楼下要有人听见了，还以为你遭到家暴呢。”

“……”

看完比赛后，我发现某人更新了微博——

夫人暴走了，“这局再不赢我真的要发脾气了！”眼睛盯住女排的比赛，嘴巴喋喋不休，“扣，扣扣！又扣网上了！”

此刻我们远离广州市区，我 ingress 上 portals 被攻击的消息频传，“中国这自由人，压根没用，她在场上干啥？！”我无望地滑着手机，说：“享受自由吧！”今夜便陷进了高低不同的愁绪里。

· 017 ·

我在电视机柜上发现一个包装好看的盒子，于是拿起仔细研究一番，想看看里头装着的是什么，万一是吃的呢。

闫我我正忙着往墙上挂上新买的画，回头瞅我一眼，没好气地说：“那是我买来给你洗咖啡机的清洗剂，你别看什么都想吃。”

“……”

还有一回，我正构思长篇情节。

想事情时，我会不自觉地盯着某件事物出神，偶尔看着鼠标，偶尔盯着键盘，偶尔……会看一看某人。

我盯着他的高鼻梁陷入沉思，他不经意间抬头，看见我的表情后瞪我一眼：“干什么，想吃我啊？”

“……”

· 018 ·

我越来越想养狗，萨摩耶。

和闫我我提出，他不假思索地拒绝：“不可以。”

“为什么？”

“你比我还懒，凭什么有自信能照顾好一条狗？”

“我可以的。”

“那你先照顾自己看看。”

我总觉得这句话有些欠妥……

• 019 •

领证纪念日。

晚上睡下后，闫我我忽而从床底拿出一盒东西递给我。

我开灯一看，是一盒拼图。

“你不是爱玩吗？”他笑笑。

我也笑了：“你这是送礼物给老婆吗？我怎么感觉更像送礼物给女儿？”

“对啊，你下辈子可能要当我女儿，女儿是前世情人呢。”

重新躺下后，我辗转反侧，居然失眠了。

“下辈子我不要当你女儿，我要继续做你老婆。你呢？”

“每个人都要喝下孟婆汤，每个人都只能把握今生今世，过好这一生就行，傻瓜。”

• 020 •

平安夜，我和闫我我吵架了。

我躲在卧室，把门锁上，不愿出去，也不允许他进来。

晚上十点他发来信息——

“要一起看《真爱至上》吗？”

我没回复，起身走了出去。
看见我后，他朝我笑笑，我们就这样和好了。

• 021 •

闫我我偶尔会写诗，有一首很可爱：

《无题》
鸡蛋，常常
感到无奈
为了保持身材
泡过热水澡
才能宽衣解带

有一首很有爱：

《记悄妙除夕》
烟醺子夜天，
爆放暖春寒。
畅想新年事，
拥妻细语眠。

第八章

无事惊惶美梦长

二〇一六年十二月十七日凌晨，闫我我更新了一条微博：

前几天订票回家，看了看今年的行程，和夫人说真是有趣，形影不离比异地恋时却更奔波了。婚后的生活让我沉溺，有时发呆想起来暗暗就笑。朋友圈最后一次更新在二月，微博也是很久挤一次牙膏，现实生活简直把我惯成了一个“邋遢”的小孩。年底有些烦心问题，也慢慢到了解决阶段。无事惊惶，美梦长。

• 001 •

我对摆酒席这事儿尤其不情愿。

我总觉得这事儿就是折磨新郎新娘的。不信你看，“闹新娘”“闹新郎”“闹洞房”，哪个环节能让新婚当事人舒服？怎么看新娘新郎都要遭罪，搞事情的人倒是挺尽兴。

知道我不回美国后，婆婆第一时间问：“你俩打算什么时候摆酒席？”

我坦言说：“我暂时还没这个想法，我不想摆酒席。”

婆婆说：“那不行，你嫂子有的，你也得有，不然太亏待你了。”

“怎么会亏待呢，不勉强我做不喜欢的事情，那是尊重和支持。”

婆婆转头问某人：“你怎么看？”

某人说：“她不想摆酒就不摆，我无所谓，都听她的。”

婆婆绝望：“你俩怎么总长不大。”

• 002 •

闫我我的大伯到家里串门，问我：“什么时候摆酒席？”

我说不摆。

大伯说：“在我们这边，不摆酒席我们是不会承认你们的关系的。”

我说：“法律都承认了，你们承不承认无所谓。”

大伯语塞。

事后我把这段插曲告诉闫我我。

他说：“你应该告诉他老人家，我们年轻人啊就是享受这种不被承认的关系，多刺激啊。”

“……”

• 003 •

虽然第一次催摆酒席没成功，婆婆却没有就此放弃，隔三岔五地和我念叨。

我开始心软了，晚上躺下后跟闫我我商量：

“我们要不要摆酒席？”

“看你，如果你实在不喜欢，就不摆。”

“你就没有想法吗？”

“我不想勉强你啊，我对这种环节本来也不在意。如果你改变心意，我也会保证酒席的每个细节都按照你的想法来。”

我叹口气：“我不想摆，但是妈妈总惦记着这事，我怕她会心累，总觉得该了结她一桩心事。”

“嗬。你要是不想摆酒，就不要上当，长辈的心事总是一桩接一桩地来，你了结得过来？现在催着我们摆酒席，以后催着我们要小孩，日子还很长呢。”

我当时觉得，某人不过是危言耸听。

• 004 •

我本来铁了心不摆酒席，直到某天，婆婆跟我说：“别的事我都依你，就这一次，你让着我，好不好。”

婆婆这么苦口婆心的，我哪能再拒绝她，于是我乖乖听话了。

如果一定要摆酒席，我更倾向于摆鸡尾酒会，饭菜自助。

婆婆一听自助，脑海中立马浮现出每位二十九元，限时两小时任吃的那种货色，脸色都变了，忙不迭地摇头：“自助餐怎么行，亲戚朋友都会吓坏的。”

“怎么会吓坏，多自在啊，能吃多少吃多少，爱吃什么夹什么，菜式方面精致一点，从甜点到菜点种类多一点，到时候还能请个乐队或者三百线歌手上台助兴，哥不是有个朋友爱唱歌吗？”

“你哥的朋友上回在你哥结婚的时候都唱跑调了。”婆婆一副往事不堪回首的模样。

我说：“总之，这种方式年轻人会更喜欢。”

婆婆皱眉：“可是到场的长辈也很多啊，还是传统一点好。”

某人在一旁呵呵呵笑了：“妈，这还不够传统吗？要是我们要搞个化妆舞会，要求那天到场的人都要变成葫芦娃，那才叫大逆不道呢。”

婆婆马上警惕起来：“你们俩别捣蛋，既然答应我要摆酒席了，就要好好摆，别整那些有的没的。”

“哦……”我悻悻然答允。

• 005 •

婆婆问我要了生辰八字，去给我和某人算了日子，定了四月十二日举行婚礼。

婆婆跟我说：“我还给你们两个算了姻缘，是上婚。”

某人在一旁臭屁说：“当然，她是正官命格，我是正印命格，我查过，正官配正印，最好。”

我咋舌，问闫我我：“你还看这些东西啊？”

“无聊玩一玩，古人流传下来的东西还挺有意思的。连古人的智慧都说我们最配，你很得意吧？”

“得意的是你吧？”

“我是替你高兴。”

“……”

· 006 ·

我打电话告诉我妈，我和闫我我要摆酒席。

她说要来，我说不行。

她问为什么。

我说：“你看吧，你要来，我就得让我爸来，总不能有娘没有爹吧？你俩见面了尴不尴尬？广州到连云港，你一个人来一个人走，我能放心？肯定得允许你随身携带男朋友是不是？那我爸带不带新老婆？场面尴不尴尬？到时候你们四人在这儿都能演戏了，谁会在意我和小闫，别抢风头了行不行？”

“女儿结婚父母不到怎么行？”

“怎么不行呢？你就当是学校开家长会，能不去就不去。”

“……”

· 007 ·

闫我我要布置房间，打算买字母气球贴墙上。

我问：“你打算拼什么单词？”

他反问：“你有什么特别想对我说的吗？有的话，不论多肉麻我都勉为其难地贴上去。”

我说没有，最肉麻的话我都在大学时期说尽了，现在只想对他挥拳头。

下单前，他下最后通牒："再给你一次机会，有什么特别想要的词吗？没有我就自己来了。"

我说没，然后他去下单了。

字母气球到后，他像逗小孩似的，说要检验我的智商，让我拼起来。

我坐地上对着一堆字母，很怀疑地问："你确定这些单词都刚好能全部用上，不多不少？"

"对。"

"你要给我一个提示，这里头有几个词？"

"两个。"

这我就知道了。

我看了看那堆字母，首先把"L""O""V""E"筛选出来，然后把接下来的拼成一个单词。

两个单词组合起来是：Love Actually。

Love Actually？

我想起某人每年圣诞都要和我一起看这部电影。

"真爱至上啊？"

"对啊。"

"你有这么喜欢这部电影吗？"

"嗯，每年都想看一次，意义和词义都好。"

· 008 ·

除了布置房子，摆酒席当天要穿什么，尤为重要。

苏北地区四月天比较尴尬，不太冷，也不太暖，还得穿外套。

我嫌穿婚纱碍事，不肯穿，于是闫我我给我买了一条红裙子，款式简单，还算大方得体。

最难买的是他的西装。

闫我我太瘦了，他总担心自己撑不起来衣服，于是开始每日锻炼。

那阵子他可卖力了。

深夜我在赶稿，他在一旁铺了垫子，趴在地上左拧右扭，举脚又摆手，十足一副搔首弄姿的模样。

我忍不住笑了：“大半夜的，你悠着点啊。”

“不行，婚事将近，我得努力点。”

“这样真的能让你健硕一点吗？怎么看起来娘里娘气的？”

“你闭嘴，忙你自己的行不行！”

“你在我眼角边上卖弄姿色，要我怎么静得下心来赶稿哟？你离我远点，别扰乱军心行不行。”

他无奈，撅着屁股推远了垫子，还不忘感慨：“现在的女人啊，自制力太差了。”

·009·

有天晚上闫我我又在锻炼。

婆婆从邻居家串门回来，看见他在地上这样那样，一副辣眼睛的语气说：“我的天啊，你在干什么？”

“我在强身健体。”

“那你应该去健身房。”

“不去，健身房太累了。”

“……”

婆婆无奈地摇摇头从他身边走过，边笑边嘀咕：“这小孩神经病。”

·010·

有晚，某人煞有介事地和我商量，应该锻炼到什么程度。

我说：“就你这运动强度，应该很难有六块腹肌吧。”

“六块没有，但腹肌还是有的。”说着某人撩起上衣，执我的手要我摸摸他的腹部。

还真有。

“看到了吧，知道我有多努力了吗？”

我敷衍地点点头。

他又问：“你喜不喜欢健身房那种力量型大体积壮汉？”

我撇撇嘴：“我不喜欢肌肉佬。”

· 011 ·

婚礼有个必须遵守的流程，新郎要去新娘家接新娘。

婆婆还强调，婚礼前男方和女方要分开住。

我问：“为什么非得分开啊？明明都一起住了这么久了，还搞这套啊。”

婆婆说：“要搞的。”

那就搞吧……

我去新郎他哥冻冻家住了。

冻冻在婚后和嫂子买了新房子，偶尔还是会回“老家”，譬如闫我我婚礼前夕，他回去陪闫我我一起打气球。

我开车到了冻冻家，闫我我的堂妹陪我，她是伴娘。

到家不久，堂妹去睡了，我习惯晚睡，一个人坐在客厅看电影。

闫我我问我：“在看什么电影？”

“《金陵十三钗》。”

“你就不能看点喜庆的？”

“爱国还不喜庆啊？”

“……”

我忙着看电影，不想打电话，挂断后给某人发去视频，他挂了。

我问他：“干吗不接啊？”

“都说今晚要分开一晚，我们戏足一点，回味一下过去不能随时联络的滋味，忆苦思甜嘛。”

我说那好吧。

睡下后不久，某人发短信说——

要早点睡，睡了吗。

我不回，他打电话，我挂断，他生气了，发信息问——

怎么不接电话不回短信？

我打电话过去，没好气地说：“不是说要忆苦思甜吗，怎么半途而废了呢？”

他说：“十二点过了，一天过去了，你还没回忆完啊？我今天上午来接你，好梦，我的新娘。”

• 012 •

我起了个大早去影楼化妆。负责化妆的姐姐给我梳了个特别老气的发型。

我说：“这也太老气了吧，别人还以为我是二婚呢。”

化妆姐姐非说：“哪里会，挺好的。”

我拍照发给闫我我，他回复说——

你哪儿来的？我不认识你。这发型很难看，让他们退钱。

我把聊天记录给化妆姐姐看，看到新郎意见后，她老老实实地帮我重做了发型，一边弥补过失一边说：“短头发不容易做发型。”

我：“不容易做，可以不接我的单子，我又不是网上下单的，我付款那天，你们就知道我是短头发。不容易做我不怪你，慢慢来用心点就好，但你不能怪我是短头发啊。”

重新做过发型后，我再次拍照发给闫我我。

他说：“好吧，不用他们退钱了。”

• 013 •

酒席结束后，所有长辈亲戚都来到我们家。

这里有磕头的习俗，磕头之后长辈要给磕头红包。

长辈要按年龄、辈分依次坐到沙发上，有人负责念词，有人负责数钱，有人负责登记。

我和闫我我跪垫子上磕了好多回。

听见伴娘喊：“××× 和 ××× 给爸爸妈妈磕头。”

我和某人对视一眼，低声做快速交流：“爸妈我们得多磕几个。”

于是我俩一连磕了六个头。

婆婆连声制止：“你俩干吗，想讹钱啊！”

围观的亲戚哄堂大笑。

我和闫我我又对视一眼，心里都特别委屈，爸妈根本不懂我们表达感恩之情深意切。

婆婆说：“重新来哟，磕一个就可以了，多磕我要多给钱的。”

“……”

• 014 •

办过酒席，我和闫我我回广州见我父母。

我爸经商多年，大概是在生意场上饱经风霜，他气场大，有威严，看起来不是很慈祥。

说来奇怪，他对外人很亲和，对家里人总是一副皮笑肉不笑的样子，人人都怕他，我也有点怕。

多年来，我和我爸一年顶多能见两回面，我成年之前，正是他事业上升期，他满中国跑，和我距离很远。我成年之后，由于多年交流的空白，我们父女俩心的距离很远。印象中，关于我和我爸话家常的回忆几乎没有。

我问闫我我：“你打算怎么称呼我爸？是要叫爸呢，还是叫岳父？我爸那么凶，要故作亲近喊他爸会不会很难？”

闫我我反问：“你爸以前是怎么称呼你外公的？”

“他喊我外公‘爸’。”

见面以后，某人很自然地喊了一声：“爸。”

我爸答应了，乍一看好像还有点不好意思。

• 015 •

我爸不爱住在城市里，城市让他感到压抑，于是在市郊置办了一座别墅，有属于他自己的院子和池塘，还养了一条狗，小日子过得挺安逸。

难得假期，我和闫我我都放任自我，想熬多晚熬多晚，几近天亮才睡。

我爸每天七点半给我打电话，我不起来他绝不罢休，非要我下楼吃早饭。

我在电话里迷迷糊糊地说：“我不吃早饭。”

我爸说：“可以，不吃早饭下来打扫卫生。”

我说好，转头又不争气地睡过去。

不一会儿我爸又来电话，还没等我关机，闫我我抢了我的枕头抱在怀里，眼睛也没睁，说：“下楼去。”

“我很困。”

“电话一直来，两个人都睡不踏实，还不如弃车保帅。你要坚强。”

“我去坚强了，那你去干吗？”

“我哪儿也不去，就在这儿睡觉。你作为夫妻代表下楼给爸请安，去去去……”

“……”

· 016 ·

陪我爸去河源，随行的还有我爸的一帮朋友。

坐包间里吃饭时，一个和我同桌的阿姨问我：“那是你男朋友啊？”

我想着，反正以后应该没机会跟阿姨见面了，疲于解释，敷衍地点点头。

没想到阿姨会往下问：“你们还在上大学吧，是大学同学吗？”

一旁的某人幽幽地道：“我们不是大学同学，我们领证好几年了。”

“……”

等阿姨转身去找别人闲聊时，某人很不高兴地批评我：“为什么要对别人隐瞒我们的真实关系？”

我想了想，说：“因为刺激。”

“……”

• 017 •

我带闫我我爬白云山。

广州不是旅游城市，是个商业城市，除了逛街购物吃吃吃，真没什么好玩的。

白云山上有笨猪跳，我十三岁那年，我爸带我和我弟爬山经过，驻足围观了很久。

我爸当时看得很嗨，看人家绑着脚纵身一跃，他总忍不住惊叹。

当年，为了招揽生意，笨猪跳上还挂着竖幅——做个勇敢的中国人。

我爸围观得差不多了，敛了目光看看未满十八的我，向我发出了拷问灵魂的提问：“你想不想做个勇敢的中国人？”

我看看那个被倒挂着悬吊在半空的哥哥，猛摇头：“不想。”

我爸简直丧心病狂：“别怕，跳一个给我看看？”

“爸，你自己为什么不跳？”

“我年纪大了，玩不了年轻人的游戏。”

“爸，你是不是怕？”

“我当然不怕，但我真年纪大了，人要服老。”

我提醒：“爸，玩这个要签生死状的。”

“至于吗？”

“真的。”

“没事，做个勇敢的中国人最重要。”

“……”

好在，游戏规定，未满十八不能玩，不然当天我恐怕难逃一劫。

一路往山上爬的时候，我跟闫我我分享了这段经历。

他问：“爸为什么不让你弟去跳？”

“我弟那个时候更小了，还是小学生，让他去跳不是更过分？”

“啧。如果爸非要你弟去跳，你肯定会拦着，宁愿自己去跳，你最疼他。”

啧，他莫名其妙吃这飞醋做什么？

为什么喊我爸的时候是“爸”，喊我弟就成了“你弟”了？

“我弟也是你弟，你要关爱他。”

“可以，你少关爱他一点，我就多弥补他一点。”

这是交易吗？！

· 018 ·

昨晚跟闫我我谈起圣诞老人。

我问他：“你小时候相信圣诞老人吗？”

他摇头：“你是不是收到过圣诞礼物，不然怎么会相信圣诞老人？”

“因为圣诞老人会给人派送礼物啊。可我妈告诉我，圣诞老人是假的，这很伤害我的童年。要是我们以后有了崽，他相信有圣诞老人，我们要怎么告诉他真相才不伤害他？”

“你可以告诉他，中国不在派送范围。”

“可要是他说，他愿意上门自提，非要找圣诞老人，那可怎么办啊。”

“那就买张机票，送他上天啊。”

他是蛇精病吗……

第九章

恋人啊，就应该在一起

·001·

我外婆一直想去美国，因为那儿有我小舅舅，她希望有生之年能去她小儿子定居的地方看看，确定他过得很好。

我外婆八十二岁了，我必须实现她这个心愿。

闫我我不放心我和外婆出行，刚好项目完成了，他辞了职，打算回国后再做打算。

到领事馆面签当天，我跟外婆和闫我我开了个一分钟小会。

“待会儿面试，我一个人说话就行，不论签证官问什么问题，都要保持微笑和自信，眼神千万别躲闪，最好能直勾勾地盯着他。美国人喜欢自信的人，在美国的社交文化里，眼神交流很重要。”

今天我是 Boss，我怎么要求，这一老一嫩就要怎么做。

排队进入美国领事馆，走完了录指纹等一系列流程后，终于到了签证最重要的环节——面试。

排在我前头的一对中年夫妻，废话很多，签证官问一句他们能说十句，总是急巴巴地出示文件证明自己的出行目的，或许签证官跟我一样听不下去了，最后他们没通过。

签证官当然是美国人，但也能说一口带着外国口音的流利中文。

轮到我们家。

美国 纽约 自由女神像

“据说，
自由女神像是法国人送给美国人的。”

我站在窗口中间，外婆站在我左侧，某人守在我右侧，两人像乖宝宝一样，遵守承诺保持微笑。特别是我外婆，看人家签证官像看自己孙女婿一样……

我说："外婆，你不用这么夸张。"

外婆说："呢个外国人好靓仔（这个外国人好帅）。"

我和某人："……"

签证官问我，要在美国逗留多久。

我说二十五天左右。

他问我同行的有什么人，我说外婆和我丈夫。

发现我有留学美国的经历，他突然用英语问："你喜欢美国吗？"

我淡定地用中文回答："当然，如果那里没那么容易买到枪的话，我会更喜欢。"

面试结束，我们一家三口毫无疑问地通过了面试。

• 002 •

收拾行李，我秉着一贯"轻装上阵"的风格，把某人和外婆的行李收拾好，最后收拾我自己的。我们一行三人，一个行李箱就搞定了，我和闫我我各背了一个背包。

出发前，某人体贴地给外婆买了旅美方面的医疗保险。

我跟外婆说："你老人家可以放心出行，我们连保险都买好了。"

闫我我幽幽地说："你这口气，听起来像要为了骗保谋财害命似的，等下外婆不肯跟我们走了。"

出发前一晚，我们三人都特别兴奋，尤其是外婆。她从没想过，自己八十二岁了，居然还能有机会出国看一看。

外婆抓着我和闫我我的手："谢谢你们了，你们俩小孩真有心。"

闫我我说："别客气，外婆您最该谢谢的是您自己，都八十二岁了，还能有这样的好身体。"

· 003 ·

老人家总有"收藏"的爱好，过去每次住酒店，我外婆总爱带走酒店的牙刷和一次性拖鞋，好像这样才吃不了亏。

这回坐长途飞机，还真用上了。

我给我们仨带了三双放在书包里，从上海飞波士顿要十六个小时左右，飞机起飞后，我催促着他们换上，不然下机的时候脚踝会肿。

为方便外婆上洗手间，她坐在最外头，我坐中间照顾她，闫我我坐在靠窗的位置。

长途飞机，每个乘客的座位前都有电视机，我给外婆选了中文电影，她戴着耳机投入地看着。

我也戴上耳机，回头看一眼闫我我，他心领神会，在电影列表里指了指《搏击俱乐部》，然后看我一眼。

我点点头，表示可以，然后在我自己的电视上也选了《搏击俱乐部》，然后我数着节拍，“1——2——3。”

我们一起点击播放，两部电视同时放映《搏击俱乐部》。我和他还是头一回以这样的方式一起看电影。

• 004 •

我小舅舅不在波士顿，他在New Hamshire工作，靠近加拿大。

我以前在西雅图念书的时候，也靠近加拿大。但我靠近温哥华，我小舅舅靠近多伦多，和我的距离远着呢，所以即便我当时在美国，也只到过他们家一次。

那是桑德拉去世之后，举办葬礼之前，我逃了，我不想看她躺在棺里的样子。或许是我太怯懦了，但漫漫人生，我们总要给自己一两个逃跑的机会，不是吗？

已是四月天，波士顿天气很好，但New Hamshire靠近加拿大，还在下着大雪，舅舅说那边能冻死人，让我和外婆老老实实在波士顿的家里待着，我和外婆只好听话。

外婆见到了她孙女Lena，还有我舅妈。

Lena十五岁，读初中，头发很长，皮肤挺白。她虽然在美国土生土长，但能说一点国语，粤语也跟我一样流利，就是不太会看中文字。

她七岁那年回国学过一年中文，从拼音学起，那时我给她听写。

她给“人”字组词：人大。

我当时特惊讶："你才多大就知道'人大'了？很有政治觉悟啊！"

她没听懂什么叫"政治觉悟"，以为我在批评她，盯着作业本看了一会儿，一边用橡皮擦擦掉"人大"，一边笑眯眯地说："是'大人'。"

这次见面她长大了，长高了，面貌也有了变化。我跟她谈起我在国内是杂志写手，她问我都给什么杂志写稿。我找了《桃之夭夭》的杂志封面图给她看，来了个简单的随堂测试：

"这四个字会念吗？"

她看了看，特自信地说："桃之天天。"

· 005 ·

舅妈问我，这次来波士顿，有没有特别想去的地方。

我说有，我要去朴茨茅斯！

舅妈心领神会："上回我带你去逛街的时候，你就说过特别喜欢那里，以后一定要和男朋友再去一次，没想到真实现了。"

某人听了，忍不住伸手摸摸我的头，打趣说："真不好意思，你男朋友没能和你实现的心愿，你丈夫都替他一一实现了。"

我反驳说："就算结婚了，你也可以是我男朋友啊，听着刺激一点嘛。"

某人感慨："还是在一起好。恋人啊，就该在一起，实实在在地在一起。"

• 006 •

朴茨茅斯不算是大城市，但应该算是美国最古老的城市之一了，街道上的咖啡店和商店多以红砖建筑为主，我猜是延续了当年城市建成时的风格，随便拍下一张风景照，就是一张明信片。

一九〇五年，日俄双方便是在这里签订《朴茨茅斯条约》，结束了在我国东北地区进行的日俄战争。

抵达朴茨茅斯后，舅妈和外婆一队，我和闫我我一队，两队人马各走各的，谁也不耽误谁。

我问闫我我："怎么样，这座小城市好看吗？"

他一副兴趣缺缺的样子："还行，你是不是很喜欢这种红砖建筑？"

"是啊。"

"我记得你的中学也是红砖建筑，你对这种建筑风格如此着迷，是因为怀念母校吗？"

"不是……"

• 007 •

从波士顿坐车到纽约，大概四小时车程。

纽约的酒店特别贵，想到要在这里待至少一周的时间，

美国 纽约 曼哈顿 第五大道

"在这里，有几个超级英雄打扮的人跑来和我们拍照，拍完以后讹了我们20美金，可见，套路无国界。"

如果住酒店，光是住宿费用就要花上一万。我觉得划不来，于是提前在 Airbnb 上订房，住民宿。

美国挺多人家愿意出租自己的房间给游客，一来他们能赚钱，二来游客能省钱。这在美国当地是很常见的。

租房给我的是一个墨西哥女孩，带我参观过整个房子后，她告诉我哪里洗衣哪里洗澡，然后向我保证，房间的床单都是新换的，让我放心使用。

怕外婆在异国一个人住不惯，随时需要照顾，所以我让她和我们同房，她睡床，我和闫我我睡气垫床，和她对床，脚对着脚。

当晚熄了灯躺下后，我问外婆：“感觉怎么样？”

外婆说：“挺好，美国和中国很不一样啊。如果你不带我来，我肯定猜不到它原来是这个样子。原来你小舅舅是在这样一个国家过了二十多年。”

我笑了：“外婆你真的很棒，不仅适应得好，连时差都倒过来了，一开始我还担心你会住不习惯，黑白颠倒。”

外婆问：“气垫床睡得舒服吗？你要不要来我这里睡。”

某人忙抓住我的手，好像我会走一样。

我说：“不啦，气垫床还行，我就睡这儿。外婆，你要是半夜上洗手间，一定要喊醒我，我陪你去。”

“好。”

• 008 •

到纽约第一晚，我带外婆到了一家埃塞俄比亚餐厅，让她尝了尝外国菜。

她算是个勇于尝新的老太太，尽管连埃塞俄比亚这个国家都不知道，但对这个国家的菜式还是挺满意的：“味道还可以，就是分量太多了吃不完，你下回少点一点可以吗？”

我说：“我们三个人至少要点四个菜，不然看着多寒酸啊。”

外婆训话：“寒酸什么，自己的胃多大自己知道，能吃多少点多少，光好看有什么用，钱都让别人挣去了。你们两个，把剩下的全吃了，吃不完不许走。”

外婆把虾分给我和闫我我，又把剩下的半只鸡全给了他。

某人在饭桌上向来战斗力不强，吃得还没我多，可他又不好意思忤逆外婆，一边吃一边朝我瞪眼，埋怨我说：“都怪你，非要点这个，点了又不吃干净，不负责任。”

我解释：“我是想你多吃点吃胖点嘛。”

“鸡汤的鸡有什么好吃的，你想我吃胖点就给我点炸鸡，自己把汤都喝完了，让我吃汤渣。”

说着他凑过来，可怜巴巴地哀求：“帮我吃一点，好不好？我真不行了。”

也许是当晚吃得太撑，第二天上馆子的时候，某人特有心理阴影地提醒我：“要吸取昨晚的教训，千万别好面子，有时候寒酸点挺好。今天先点三个菜，吃一半觉得不够再下单，除非你想用外婆的光盘行动逼死我。”

• 009 •

到杜莎夫人蜡像馆。

外婆不认得几个外国明星，但每次看闫我我和蜡像合影，她就会眼红似的说：“我也来一张。”

我不太爱拍照，负责执掌相机，充当外婆和闫我我的摄影师。

闫我我当天特有耐心，跟外婆介绍：“这个是希拉里，她身旁这位是曾经的美国总统克林顿。这几个男生是Beatles，这个是Micheal Jackson，这个是甘地，他是印度国父，这个

美国 纽约 帝都大厦顶层的夜景

是卓别林，他是幽默大师，现在已经去世了……”

明知我外婆压根记不住，他还是如数家珍地一个一个介绍。我外婆大概也没听懂多少，但看某人那副认真的样子，就能感觉到他们都是了不起的人物。

“如果有阿爷的蜡像就好了。”外婆叹息。

阿爷，指的是毛主席。

从小到大我外婆和她的朋友一直这么称呼他。我想，这也许是他们那一代人对伟大领袖的亲切称呼吧。

• 010 •

帝国大厦有一百〇二层，可以鸟瞰整个纽约。

到一百〇二层后，闫我我像个摄影狂魔一样，开始疯狂拍照。这时候周遭的一切都对他无关紧要了，他在意的只是要在什么时候按快门。

我怕把外婆闷坏了，打算带她四处转转。

离开前，我对闫我我说："上回看《北京遇上西雅图》，男女主角明明都到了这一层，可就是遇不上，这种错过太气人了。"

某人很冷漠地说："关我们什么事，他们没遇上是因为他们在拍电影。"

太太太不解风情了！

我说："检验我们缘分的时候到了，你慢慢拍照，我带外婆四处逛逛，我们没拍电影，看我们能不能遇上。"

"哦……"

然后我带着外婆去别处看风景了，但一直没离开一百〇二层。

不一会儿我们逛完一圈，遇到了闫我我。

我兴高采烈地拍了他一下，某人没好气地瞅我一眼："我不太承认这种缘分的认证方式。我们都在一百〇二层，没遇上的话那只能说明我们眼瞎。"

我不理他，挽着外婆逛第二圈，又遇到闫我我。

这次不等我招呼，他主动开口，指指某个位置："傻子，来得正好，我等你好久了，和外婆到那儿站着，那个位置角度很好。"

我挽着外婆走到他指定的位置，立定站好，某人还是要求多多："笑容自然一点，外婆很好，保持就行，你，不要总是一副被逼的样子，生活亏待你了吗！"

"……"

我完成拍摄后，也给某人在同一个位置拍了一张，然后带外婆去逛第三圈，这次没遇到闫我我。

我想，很有可能是我眼瞎错过了他，于是准备再接再厉地逛第四圈。尽管知道他不太可能离开一百〇二层，但心里还是有点不安。

有人拍拍我肩膀，我一回头，就看见了他。

闫我我笑眯眯地说："怎么样，北京遇上西雅图了吧。"

"……你刚刚去哪儿了？"

"一直在你身后跟着，想看看你会急到什么程度。没看到我就一直转圈，就不知道站在一个固定位置等我啊？"

"那万一你也在某个固定位置等我呢？"

"不会，我没你懒。"

"……"

• 011 •

从纽约到费城，只要两小时车程。

由于人多，我们三人的座位不近，我和外婆坐前头，闫我我坐到了后头。

中途有人打呼噜，那呼噜声特别夸张，像一只在森林里午睡的野猪，引得后头的人纷纷朝前探头。

美国 费城 市政厅

"送外婆回酒店休息，看时间还早，
我们偷得一点二人世界的时光，在市政厅四周转了一圈。"

有人看看我外婆，我感觉受到了冒犯，很不高兴地说："My grandma's 82, she can hardly make this wild sound(我外婆八十二岁了，不太可能发出这种野性的呼声)."

• 012 •

到费城后，我们到预订的酒店办了入住手续，然后带外婆吃过晚饭，我们送她回房。

这些天在纽约奔波太多，到了费城我打算让外婆缓一缓，傍晚我和闫我我外出走走。

我们误打误撞地走到一个演出中心，我好奇地拿起一本宣传册子翻了翻。

一位穿着黑色西装的先生走到我身边，他六十岁左右，头发有些白了，问我："你喜欢古典音乐？"

我说："喜欢，尤其喜欢弦乐四重奏。"

他问我："你和你朋友来自哪里？"

我说："中国，这是我丈夫。"

先生笑笑："今晚这里刚好有弦乐四重奏音乐会，你们有兴趣听吗？"

我说："好啊，我去买票，或者你可以告诉我售票口在哪儿？"

"不用，我请你们看。"

什么？！

我瞪了瞪眼珠子，不太好意思接受免费的午餐，正想坚持，先生说："还有两分钟音乐会就要开始了，你们最好跑快一点。"

先生招呼工作人员："我们还有两位年轻的客人。"

随后工作人员带我们进入演奏厅，一路上她不停提醒，快没时间了，还有最后一分钟。

听音乐会，可不是有票就能入场的，最重要的是守时。要是错过了演出时间，就算买了票，工作人员也不会让观众进场，因为演奏厅开门关门的声音会影响演出，也会打扰到听音乐的观众。

我猜，那位先生一定是演出中心的管理层。

我和闫我我在演奏厅坐下，互相对视一眼，我压低声音说：“今晚的运气也太好了，居然中头彩了。”

“是啊，音乐会结束后，我们要再次感谢那位先生。”

音乐会结束后，我们在演出中心转了好一会儿，始终没找到那位先生。

我想，人的缘分有时候就是这么奇妙，有的人很好，他很友善、很慈祥，甚至对你很慷慨，但注定和你只有一面之缘。

我没有执着去找那位先生，我心里对他的感谢溢于言表。正因为他这份友好和温暖，让我和闫我我度过了一个美好的夜晚。

那位先生送我们的不仅是一场音乐会，更是一段温馨的回忆。

• 013 •

费城的全称，是Philadelphia。

从演出中心步行回酒店的路上，我挽着闫我我，和他聊些有的没的：

“费城的名字像一个公主的名字，Philadelphia，你听听，这像不像一个男人对情人的呼唤？”

“嗯，你像男人。”

我一脚踹过去：“不信你念念，来，Philadelphia。”

某人“Fi”了半天，硬是念不出来。

我也没耐心教了，质疑地问：“上大学的时候，你真是英语全班第一吗？”

"是啊。"

"那怎么连Philadelphia都念不出来？"

某人不屑地说："这个词这么长，记住前半截就忘了后半截，谁能念啊？还说什么又像公主又像情人呢，听着像是一个有公主病的情人。"

"……"

• 014 •

翌日，我和闫我我早早地起床。

外婆想睡懒觉，我们也没勉强，告诉她十一点前会回来接她，就出去了。

闫我我想去费城艺术博物馆，他是个超级爱逛博物馆的人，之前在纽约待了七天，至少有三天他都泡在博物馆里。

一路上他很兴奋，一想到能看到梵高的《向日葵》，他就两眼放光。

然而，时不我与，抵达当天，博物馆闭馆。我们下午就要搭乘飞机前往奥兰多，至少这一次美国行，没机会参观了。

闫我我感到很沮丧，失望地坐在台阶上，迟迟不肯离开。

我回头看看身后的博物馆，它像一座古希腊神庙，巍峨又庄严，向世人展示着它的威仪和风采。

我没催促闫我我离开，也在台阶上坐下来，陪他发呆，直到他慢慢接受这一次落空。

看着旅游大巴一辆一辆地来，又一辆一辆地走，我不禁

美国 纽约 大都会博物馆

"闫我我在这进入了"忘我"状态，他完全忘掉我了，在艺术汪洋里沉浸了一天，闭馆时告诉我，想住进这里。痴人说梦话。"

笑了，说："如果你能像那些游人一样，不那么认真，到博物馆门口拍张照片就心满意足地走，那就好了。"

"那有什么好的，如果我是这样的人，哪里会有心思陪你认认真真地闯世界？凡事都跟团，一出门就把你托付给导游就可以了。"

"我知道。"这次换我摸摸他的头，抱了抱他。

他还是耷拉着脑袋，压根高兴不起来。

我没办法了，只好凑到他耳边："老公，你别这样好不好，你这样子我都不知道怎么哄你开心了。"

他忽而笑了："你不跟我发脾气就是哄我开心。唉，你就算是撒娇，也不太像个女孩，反而更像个娘炮。”

又想打他了怎么办？！

• 015 •

我表妹 Lena 和我的生日仅隔两天，她一直想去迪士尼。我打算提前送她一次旅行，当作是她的生日礼物。

闫我我在奥兰多旅游区订了一栋别墅，空间很宽敞，我们一行五人住绰绰有余。

外婆和舅妈另有行程，在别墅睡下的第二天，我和 Lena 还有闫我我三人到了迪士尼。

奥兰多是迪士尼总部。我相信总部迪士尼是世界最大的，已建好的有八个主题公园，真要一个个玩下来，得好几天。

我和 Lena 一人选了一个自己感兴趣的主题，打算一天玩一个，玩两天。

Lena 处于青春期，内心特别敏感脆弱，悄悄地问我：“表姐，陪我玩会不会打扰你和表姐夫？”

“不会，你怎么会这么想？”

“不知道，我就是觉得自己是多出来的那一个。”

我摸摸她的头，抱抱她亲亲她：“你是多出来的那一个，但你不是多余的，我最疼的就是你了。”

她听后红着脸笑了。

要说我溺爱过谁，一个是我妈，一个就是她。

• 016 •

奥兰多在佛罗里达州，热到飞起，我们三个人脸都晒红了。

我每走几步就问Lena要不要喝果汁，再过几步又问Lena要不要吃雪糕。

她说：“表姐，你总给我买吃的，我感觉我花了你很多钱，不要了。”

我说：“你表姐我不差这点买雪糕的钱啊，那我让你表姐夫给你买？”

“那不是一样吗？”

表姐夫说：“不一样，我买的，不能报销，你表姐买的，有人报销。”

“报销？”Lena没听懂这个高深的中文词汇。

表姐夫耐心解释：“意思是，你表姐买，我要还钱给她，我买，她不会还钱给我，反正都是我买，所以你没必要替你表姐心疼钱。”

“哦……”Lena看我一眼，“表姐，你点解咁衰（你怎么那么坏）？”

• 017 •

第二天，我们玩的主题公园，有个Terror Tower（恐怖塔）。

我们仨一看见那串字母就飞奔过去，年轻人啊都贪图刺激。

恐怖塔其实就是跳楼机，但和普通跳楼机不同的是，跳楼机有一个缓慢上升的过程，但恐怖塔的游客要自己走进塔内，感受里头像鬼屋一样的惊悚气氛，然后坐到座位上，直接下坠。

下坠过程中，会有扇门突然打开，坐在跳楼机上面的人能清楚地看到塔外的风景，真实地感受着下坠的快感。

Lena 说："一定要坐在最前排。"

我把心一横："好，前排就前排！"

跳楼机轰然下坠，我尽量压抑住尖叫声，绝不能在表妹面前失了威严。

突然感觉到有只手握住我，我扭头看看某人，他的表情分外轻松，似乎早就习惯了失重感。

走出恐怖塔后，我问表妹："怎么样，刚刚怕不怕？"

"不怕，好好玩，表姐，再玩一次好不好。"

"好……"

• 018 •

在奥兰多待了三天后，我们一行五人前往迈阿密。路上我们经过一个棕榈滩，便下车逛了逛。

我和 Lena 一路聊天，一路沿着沙滩捡石子。

我忽而想起身边少了点什么，猛地回头，刚好遇上闫我我举起相机。

他一路在后头走着，每个镜头都有我。

彼时，Lena 从沙滩上捡起一块形状别致的小石头，打算送给我。

我看着也挺喜欢，正想收入囊中，她表姐夫一手夺过，随手放回到沙滩上。

Lena 不明所以，有点生气地说：“我要送给表姐的。”

表姐夫说：“不要随便捡石头回家，大自然有些物质是具有放射性的，石头也可能会有，严重的话可能会致癌。漂亮的石头看看就好啦。”

“放什么？”Lena 明显没听懂。

我在一旁翻译：“It may radiate and cause cancer.”

美国 迈阿密 一号公路

“一号公路上美景很多，我们却相互依靠睡着了，不小心错过了美景，还好手边有重要的人，其余一切都不必计较了。”

第十章

谢谢你的出现，在我最美的华年

美国 西锁岛 距离古巴 90 海里的标志

"真庆幸，一路上走过的天涯海角，都有喜欢的人在旁见证。"

• 001 •

到迈阿密那天，闫我我说：“既然到这里了，怎么能不去 Key West（西锁岛），当时做行程的时候居然忘了这个地方。”

我说没关系，加上这个行程就可以了，反正都到了，不差这一天两天。但 Lena 假期结束，要赶着回波士顿上学，外婆和我们玩了半个月，怕是也累了，所以我让外婆跟着 Lena 回波士顿了。

接下来的行程算是我们两口子的“蜜月”旅行。

西锁岛对岸就是古巴，它是美国最南端的终点。从迈阿密到西锁岛，有一条全世界最美的跨海公路，这便是美国著名的一号公路，风景美不胜收。

我们到车站买了到 Key West 的票，一路上我叮嘱某人：“千万不能睡觉，不要错过好风景，是你说的，这一路上的风景特别好看。”

不知道过了多久，我和某人都沦陷了，再次醒过来时，我靠在某人肩上，某人靠在我脑袋上。

我小心从他肩上挪开，让他枕在我肩上，看着车窗外一片蓝海，几乎与天同色，我连忙将他摇醒，假装从没睡着的样子，说：“快看，好美啊。”

某人迷迷糊糊地睁开眼，看了看窗外，没有表情，尚未完全清醒。

我叹息一声："瞧你，让你千万别睡着，还是睡着了，自制力太差了。"

闫我我呵呵笑了："瞌睡是会传染的，要不是你先睡着了，我会睡着？"

我淡定应对："我没睡着，我只是靠着你闭目养神了一会儿，要是我睡着了，会发现车边这片海？"

"你要是没睡着会流口水？是不是梦见吃的了？"

"……"

• 002 •

接下去一段路程，为了全程保持清醒，我和某人又开始有一搭没一搭地聊天。

我问他："你还记不记得上大学的时候，你给我写的那首歌。"

他又呵呵笑了："我当然记得，你记得吗？"

"记得啊。"我万分笃定。

他不屑地摇摇头，分明不信："唱给我听。"

我说好，用只有他才能听见的声音，在他耳边唱："没有你的清晨，阳光总是刺眼，没有你的早餐，没有蛋糕的甜，没有……没有……什么都没有。"

"哼！"闫我我瞪我一眼，"你还能记得啥？你在下一站下车吧！别跟着我！"

我急急地挽住他，他佯装恼怒地抽出手臂："别碰我，你有什么资格碰我。”

“哎呀，我只是忘了后面几句而已。”

“你几乎忘了一首，唱出的几句还搞错了顺序。”

“哎呀，别生气嘛，最近旅游太累，我一时想不起来而已，不信你唱一遍给我听，我准能回忆起来。”

没有你的清晨，阳光总是刺眼
没有你的冬天，身体一直不暖
没有你的早餐，没有蛋糕的甜
走在没有你的手牵的马路边沿

寒能冰封冷雪，冻结不住思念
思念拉着时间，时间却不留恋
谢谢你的出现，在我最美的华年
就算依然下个一半，会形只影单

穿着没有你躲的大衣，只有冷风往里钻
听着匆匆而过的列车，我等的你到底在第几个下一站

“好了，我唱完了。”某人一副秋后算账的样子，“到你了。”

“今晚躺下后，我在枕边唱给你听，好吧？多浪漫啊。”

“嗬，想拖延时间啊？越久越难想起来，说不定过会儿

你就忘词了。”

“不会不会！”我拍着胸口说，“就凭你刚才的深情演绎，这歌词啊，已经刻骨铭心，深刻到我的骨子里了。”

“注解”歌词里“下个一半”，是下个半年的意思。

• 003 •

到 Key West 是临时增加的行程，我们两口子没有提前预订酒店。

坐在大巴前往目的地途中，我和闫我我上网查看酒店，发现酒店都订满了！

我当时感叹，美国人是不是很不缺钱还很闲？美国那么大，他们为什么非得在这时候跑来 Key West，和我这个外国人抢房源啊。

“怎么办？”我眼巴巴地看着闫我我，“今晚我们两口子是不是要流落街头了？”

“怎么会。”某人瞪我一眼，“酒店订满了，我们可以住游艇。”

“游艇？！”

“对，就像 Homestay 一样，不过这个 Homestay 是水上的，有不少买游艇的人愿意出租游艇的房间。”

简直太好了！

生怕动作慢一点，连游艇都被订满了，闫我我马上下单。

· 004 ·

游艇主人叫 James，是个稍微有点肥胖、行动不十分方便的船长。

知道我和闫我我到机场后，James 热情表示，要来接我们，并告诉我们车子的颜色和型号。

我说好，告诉他：“We're at the seaside（我们在海边）.”

Key West 比重庆还热，我等了半小时，实在忍不住了，给 James 发短信——

船长，你再不来，我们要融化了。

James 马上给我打电话，告诉我他就在海边，可没看到我们。

我说：“不可能，我们在这里半小时了，一直没看到红色的车子。”

我想了想，机场离海边不远，我告诉 James，我回机场等他。

这回总算碰面了，James 开车驶出机场，郁闷地问：“你刚刚在哪儿？你说你们在海边？”

隔着车窗，我指指海边：“对，我们刚刚就在这里啊。”

James 愣了愣，突然大笑。

我茫然："笑什么？"

"你等一等。"James 一脸神秘，开了一小段路后，把车停在一个酒店门口，"我以为你在这里，你看。"

我瞅了一眼酒店入口，当场震惊了。

这家酒店叫 Seaside（海边）。

• 005 •

船长 James 帮我们把拉杆箱带上游艇，我和闫我我到 Key West 的"市中心"玩去了。

Key West 就像厦门的鼓浪屿，全程可以用自行车或徒步走。

说起来诡异，途中我们和一只无拘无束的鸡相遇。

没错，就是鸡！

这里的鸡不怕人，看见我和闫我我，它傲娇地抬起头，扭着小屁股从我们身边走过。

我由衷感叹："这只鸡好目中无人啊！"

闫我我一边忙着给傲娇鸡拍照，一边笑着说："原来被一只鸡瞧不起是这种感觉。"

不一会儿我们又遇上一只，这只没上一只傲娇，但比上一只狂野。它似乎在和一棵树较劲，围着树拼命地转，好像它能把树绕晕似的。奇怪的是，没有人去打扰它，也没有人试图捕获它。

我好奇得很，拉着闫我我随意走进一家商店，询问老

美国 西锁岛 机场

板："为什么 Key West 的鸡都这么有个性？"

老板告诉我："鸡是 Key West 的吉祥物。"

难怪了，比起宠物，Key West 的鸡更像是某种神灵的化身，当地人会悉心奉养。

• 006 •

Key West 对岸就是古巴，仅九十海里路。

谁又能想象，这两个毗邻的国家，已经中断贸易往来五十年了。

我和闫我我隔岸眺望，感触了好一阵子。

"如果美国和古巴已经恢复贸易往来就好了，那么这趟旅程，我们说不定能从这里到古巴玩一玩。"

美国 西锁岛 饭店内对鸡的信奉

“你确定吗？”闫我我质疑地看着我，“古巴是全世界最难上网的国家之一，像你这种对 Wifi 极度依赖的人，到了古巴就是世界末日。”

“天啊，我不要去了。”

旅游诚可贵，美食价更高，若为 Wifi 故，两者皆可抛。

• 007 •

海明威故居就在 Key West。

听说，当年便是在这里，他老人家找到了灵感，写下了传世之作——《老人与海》。

我和闫我我无意中经过，发现是大文豪故居，便像信徒朝圣一样，在门前驻足了很长时间。

我们早错过了参观时间，我倒不觉得惋惜。

我虽没到过海明威先生的故居，但我曾经从他门前经过，这就够了。

· 008 ·

游艇上，我和闫我我所住的房间有天窗，打开后可以爬上游艇甲板。

我和闫我我坐在甲板上，一边吃汉堡薯条，一边喝可乐，一边感受海风吹来，一边抬头夜观星象。

这里的星星不比阿里，只有零散的三两点，不过放眼望去，全是游艇，海的气息格外浓烈，这样的生活方式对我来说特别新鲜。

一艘游艇比房子还贵，我似乎开始理解，为什么 James 要把房子卖掉，只为买下一艘游艇。

有的人更向往海上生活。

我靠在某人肩上，猛地松了口气："今天我真以为我们俩要露宿街头了。"

"怎么可能。"闫我我瞪我一眼。

我心情特别好："在游艇上住上一晚，这还是第一回体验到呢。"

某人点点头："好在酒店都订满了，不然我也不会想到要住游艇。"

"今晚睡觉我们稍微开一点天窗，房间好像没空调，不过海风挺凉的。”

“好。”

我开始放飞脑洞：“游艇还挺适合恐怖片和悬疑片的。你说，会不会明天我们一睁眼，就看见船长趴在天窗那儿，直勾勾地盯着我们？”

“你变态啊！”

“这只是我即兴发挥的一个恐怖故事。”

“你就不能想点好的？船长为什么要趴在天窗看我们？我们又不拍动作片。他要真想图谋不轨，应该把天窗和门都锁起来，等我们醒来后，发现自己出不去，在我们拼命叫喊的时候，他的脸从天窗露出来，向我们炫耀锁着天窗的铁链。”

我打了一激灵，到底谁更变态啊……

那晚我们怎么都不肯睡去，坐在甲板上听海的声音，就像奔现的那次见面。我俩似乎总有说不完的话，恨不得聊到天亮。

我本身没多少情怀，但当时的环境，让我能够静下心来，和这个世界好好联系。

那晚的月亮很圆很亮，我一动情，就不矜持了。

我对闫我我说：“和喜欢的人一起旅行，遇见的最美风景和得到的最好心情，都是双倍的。”

“嗬……”他颇有微词，“烦恼也是双倍的，我要查路线订酒店，预习每个经过的城市，怕你睡不好吃不习惯还要保证出行安全，还要负责拎包。”

我和他谈情怀，他跟我谈现实，这是要造反吗！

• 009 •

回到卧室时，闫我我特地半开着天窗，他几乎一靠上枕头就睡着了。

第二天，海风漏进天窗，将我们轻轻吹醒。我睁开眼，发现自己正侧卧着，靠着闫我我的胸膛。他还是老样子，总会在睡着后无意识地抱着我。

这样醒来，总会让我倍感幸福。

朱生豪先生曾写过这样一句情话——醒来觉得甚是爱你。这大概很符合我当时的心情。

从海上升起的太阳，光线很柔和，不刺眼，光是看着就让人心情大好。我知道，以后我一定会非常怀念这里。

James 知道我们要赶回迈阿密，七点不到就扯着嗓子在房间门外叫醒我们。他的爱人为我们准备了早餐，有培根、鸡蛋和火腿肠，味道很好，配着加了鲜奶的黑咖啡，简单又温馨。

我细嚼慢咽，不时关注闫我我，他向来挑剔，特别是在用餐方面。他紧挨着坐在我身边，我摆动餐具时胳膊总会蹭到他。

他也看看我，温声细语地问："吃得惯吗？"

我点点头，也温声细语地说："你要多吃点，要吃饱一些，今天也是赶路的一天。"

能这样和他吃早餐，没有情话也心情灿烂。

• 010 •

James 开车送我们到机场。

走下游艇时，太阳还没完全升起来。

我转身朝天边望去，一脸遗憾地对闫我我说："这些游艇密密麻麻地停放着，每艘都是白色的，同质化太严重了，它们就不能整点花花绿绿的颜色，好让旅客有个记忆点吗？我都想不起来哪艘是我们住过的了。"

某人轻轻拍拍相机："反正我给它们拍了全家福，总有一艘是我们待过的。"

• 011 •

迈阿密离巴哈马很近，搭乘飞机大概半小时就到了。

中国是巴哈马免签国家，我心血来潮，说来就来了。为此，我和闫我我放弃了从迈阿密前往美国首都华盛顿的机票。

巴哈马首都，拿骚，是我房东桑德拉的故乡。

巴哈马是个小国家，首都拿骚就更小了，我和闫我我没一会儿就逛完了。

我们走进一家叫 Fat Tuesday 的馆子，馆子就在海边，晚饭时间刚好可以欣赏海上黄昏。

我不知道应该把 Fat Tuesday 译为肥胖星期二，还是油腻星期二更好，找到饭桌坐下后，我煞有介事地问闫我我：

“应该用哪个中文词诠释Fat Tuesday里的‘fat’比较贴切？”

“随便，反正都和星期二过不去。”某人十分简单粗暴。

• 012 •

拿骚当地很热，我感觉自己从奥兰多开始就黑了很多，到巴哈马以后就更黑了。

回到酒店后，我问某人：“我是不是黑了很多啊？我感觉自己不太像黄种人了。”

某人一副很讲道理的样子说：“世界是守恒的，如果你觉得皮肤变黑了，就会发现牙齿更白了。”

“……”

有他这么安慰人的吗！

• 013 •

尽管计划临时有变，但闫我我还是在一路上做好了巴哈马旅游计划。

到巴哈马之后的第二天，我们去了哈勃岛，闫我我说，要带我去看一看最浪漫的粉色沙滩。

哈勃岛上，主要的交通工具是电动高尔夫球车，我租了一辆，车身是萌萌的浅紫色。身为老司机，区区高尔夫球车根本难不倒我，我开得很溜。

我把车开到一家看起来很有规模的餐厅前，下车吃过午饭后，和闫我我从餐厅的另一面走到海滩。

我脱了鞋子，光脚在沙滩上走。

大概是因为吃过午饭有点犯困，某人走到沙滩椅也躺下，我没打扰他，独自乐乐。

不经意间回头，我发现闫我我并没有睡着，他脚抬得老高，手捧着相机……

等等，他是在给自己的脚拍照吗？

我觉得此举甚是诡异，快步朝他走去，闫我我从容地放下相机，问我："不玩了？"

我越发觉得他可疑："你在干吗？"

"看照片。"

"看照片你抬脚干吗？"

"摆姿势自拍。"

"给我看看你不要脸的自拍照。"

"可以啊。"闫我我眼神狡诈，我似乎正中他的下怀。

我在沙发椅边上坐下，靠到他身边，凑到相机屏幕前。

从他的拍摄角度，照片里，某人的脚花式虐我，要么踢我脑袋，要么压我头顶。

"是不是很好玩？这种照片才有意思。"

我咬咬牙："你心里是不是一直埋藏着一颗家暴的种子？"

"你对艺术的理解就这么暴力吗？"

"……"

• 014 •

我坐到沙滩上，双手捧起沙子，仔细观察它们的颜色，撇撇嘴说："这些沙子是有一点点粉，也就一点点而已，也没有很粉，照片要比现实夸张太多了。"

"至少它是粉的，和普通沙滩就是不一样，不然你想怎么样？要整个沙滩都是你睡裤的颜色，才算粉吗？你的睡裤有那么好看吗？"

"……"

• 015 •

毕竟是第一次开高尔夫球车，我一路享受驾驶，开着开着就忘了自己在哪儿了。

"怎么办，我们好像迷路了。"我不安地看看四周。

某人十分淡定："没事，你终于找到一个话题和当地人聊了。"

"可我总跟别人聊天，你会不会觉得很无聊？"

"你问个路能问六十分钟啊？速去速回，不然我自己开车走了。"

"……"

• 016 •

从哈勃岛回到拿骚后，我和闫我我去逛商店。明天我们要去天堂岛小住两天，顺便游游泳。

巴哈马 哈勃岛 粉红沙滩

"我告诉他，世上有粉红沙滩，想和他看一看，然后我们就来了。"

来巴哈马是临时起意，我没带泳衣，他没带泳裤。

我个子本就不高，外国的衣服码数又偏大，好几家店逛下来，我越发忧虑：

“我觉得自己 hold 不住这些泳衣。”

“这不是废话吗，外国女人胸部相对比较丰满，所以泳衣也稍微偏大一点，你在外头套件 T 恤，遮遮丑。”

“什么叫遮丑啊！我的胸部很丑吗？！”

“你的胸撑不起外国泳衣，很容易走光，难道你希望别人一不小心看了一眼后，发现，哎呀，里头真的是光的，什么也没有？”

我的拳头想打人！

• 017 •

全世界有两个亚特兰蒂斯，一个在迪拜，一个在巴哈马天堂岛。这个酒店的设计理念源自古希腊一个神话，因此它的建筑风格也透着神话气息，壮丽又气魄。

人们是从柏拉图的著作中知道“亚特兰蒂斯”，或许，它的构思就是柏拉图的理想国吧。

亚特兰蒂斯在天堂岛，而天堂岛目前应该是世界上最大的室外水族馆。

我穿着泳衣加T恤，某人穿着泳裤加T恤，我俩就这么奔放地走出酒店。

一开始我还担心，我俩穿这么少，会不会有点“伤风败俗”，可一走出酒店，发现一路上多的是穿着凉快的人，我和某人算是严实的了。

我们直奔游泳池，热过身又湿了身后，我和闫我我排队上了最高的滑梯。

我比闫我我先滑下去，滑梯很长，也很深，到底我直接掉进一个像是“水洞”的地方。

我爬起来，稍稍往一侧走开。

救生员催促我尽快离开，我看看他那大腹便便的样子，实在不放心把某人的安全交给他。

我说：“我要等我丈夫。”

救生员大概能理解夫妻间的情意，没再催赶我。

不一会儿闫我我滑下来了，我快步走去拉住他："水位不高，你可以站起来的。"

他笑说："我知道，这点水位淹不死我，你别瞎操心。"

我就要操心，我就是紧张。

我拉着他的手，和他一起往"洞口"走。

• 018 •

我们去玩另一个水滑梯，需要用游泳圈。这回同样是我先他后。

下滑的极速让我忍不住欢呼，不一会儿速度慢下来，我进入一个玻璃管道，四周全是鲨鱼。

我兴奋地贴上玻璃，一条小鲨鱼朝我游过来，还没撞上玻璃便冲向管道下方游开了。

玻璃管道水流不急，游客有大把时间观看鲨鱼，管道宽度刚好是一个游泳圈的宽度，所以闫我我进入管道时，刚好在我身后。

我回头朝他笑笑："你快看鲨鱼。"

某人特哲学地说："鲨鱼也在看你，鲨鱼被困住了，我们也困住了。"

"但我们能出去。"

"对，这是唯一的优势了，万一我们出不去，比鲨鱼还惨。"

我好奇地抬手敲了敲玻璃管道："要是这个碎了，我们才真正可怜呢。如果被鲨鱼吃掉的话，你觉得我们有没有可能被同一条鲨鱼吃到？"

"你为什么要考虑这种问题。"

"哎呀，反正无聊，来设想一下嘛。"

"看看前面。"某人指了指。

我好奇回头，他一脚踹上了我的游泳圈，我正好在管道末端，加速顺着水滑梯滑了下去。

• 019 •

尽管巴哈马是亚热带气候国家，但在四月天游泳，我还是觉得有点冷。

我好歹还套着 T 恤，再看看其他外国女孩，有的穿着比基尼，一副享受盛夏的样子，我羡慕妒忌恨。

我的体质有那么弱吗？

闫我我拉着我到泳池，兴致勃勃地说："你教我游泳。"

我说好，下水向他展示了几下，就哆嗦着上岸，坐在边上说："我先晒会儿太阳，你就按照我刚才说的，扶着游泳池，试试双腿能不能划起来。"

我以为他只是心血来潮，没想到学起来态度倒很认真。

我在岸上看着他笨拙地在水里扑腾，觉得他真的好可爱哟。

我不禁笑了，他听见笑声，埋怨地瞪了我一眼："你晒太阳要晒多久，下水陪我啊。”

我游过去，让他放松身体趴在水上，我借着浮力把他托起。

我说：“怎么样，感受到我的力量了吗？我把你抱起来了。”

“你不是一直想演一个男人的角色吗？游泳池让你做到了。”

我捏捏他，警告：“我要放手了，你别紧张，放松，试试能不能浮起来。万一沉下去了，千万不要喝泳池水，不知道会不会有人在泳池里撒尿。”

“……你总是能用各种方式恶心我。”

• 020 •

回到酒店后，我打算把泳衣和泳裤都洗了，明天还要穿一天呢。

我催促：“泳裤脱了。”

某人扭扭捏捏地回道：“哎哟，一回酒店就让人家脱裤子。”

• 021 •

第二天我们吃过早餐又穿着泳衣泳裤奔放外出。

天堂岛有漂流河，但因为游客太多，游泳圈不够，我和闫我我只能在边上等着。等别的游客不玩了，从游泳圈下来，再扑过去抢。

这种戏码不太适合闫我我的慢性子，我让他在一边等着，看我巧取豪夺。

一个游泳圈空了，我连忙冲过去，但多的是比我手长脚长的人，一下就抢走了。

我略感沮丧，继续等，但就是争不过别人。

我回头看看闫我我，他笑得可开心了。

我烦躁地走过去："笑什么笑。"

"你别那么猴急，你是猴子吗？"

"……"

"快到十二点了，肯定会有人去吃饭，到时候游泳圈就会多起来了，你别着急。"

"你不饿吗？"

"你不是想玩吗？我们先玩完。"

"可以先去吃饭啊。"

"现在购餐点肯定人多，挤来挤去的，玩完了刚好过高峰期。如果不让你先玩，你能好好吃饭？肯定会一直念叨，我怕。"

"……"

• 022 •

果然，饭点时间游泳圈多了起来，我总算抢到一个，兴高采烈地朝某人招招手。

他笑着走过来，脸上居然流露出一点宠溺：“你要坐前头还是坐后头？”

“都行。”

“那你坐前面，我好看着你。”

“好。”

随着河流奔腾的速度，游泳圈时而快时而慢。

我调整了坐姿，与闫我我面对面，用脚蹭蹭他脚掌。

他挑衅似的，也用脚掌碰碰我，特别理智地说：“转回去，头朝后不安全。”

• 023 •

巴哈马行程结束，我们即将搭上从拿骚飞往美国华盛顿的航班。

有一个发现让我感到惊讶，美国居然把海关设在拿骚机场，这可不是美国人的领土。

过海关时，海关人员问我：“你这次到美国有什么计划？”

“在华盛顿玩几天，然后回波士顿接我外婆，再然后回中国。”

“与你同行的是你的什么人？男朋友？”

“丈夫。”

“这么年轻就结婚了？”

“这在中国很常见。”

“你和你丈夫这次出行是度蜜月吗？”
“只是度假，但我喜欢这个想法。”

“你们有孩子吗？”
“没有？”
“为什么？”
我愣了愣，海关姐姐你是认真的吗？
“太忙了，没时间造人。”

海关姐姐笑着让我们通过。

她的工作，就是每天对全世界进入美国国境的游客进行问询，大抵时间长了，这样的工作会变得枯燥，所以她才会偶尔放飞自我，使问询过程看起来更像是一场朋友间的谈话。

登机后，我握着闫我我的手，看着机窗外，飞机离开地面。
“老公，我们要离开巴哈马了。”
“嗯，待会儿就到美国了。”
“我们好像离开中国好多天了，你想家吗？”
“你就在身边，我想什么家？”
我回头对他笑笑：“你知道不，从大学到现在，认识你这么多年，我还是好喜欢你。你知不知道，能一直喜欢一个

巴哈马 哈勃岛 粉红沙滩

自己深爱的人有多幸福？”

“难道会有人不喜欢自己深爱的人？”

“当然，所以这世上才有苦恋啊。”

闫我我回味了一下，似乎在思考我的观点，忽而严肃起来：“那我以前就挺苦恋的，我爱着一个不喜欢的你，我不喜欢你明明离我那么远，却还天天想着走得更远。不过，我现在喜欢你了。”

我也喜欢你，一直一直喜欢你，只喜欢你。

图书在版编目（CIP）数据

你那么可爱 / 尚方宝剑著. — 南京 : 江苏凤凰文艺出版社，2018.10

ISBN 978-7-5594-2834-9

Ⅰ. ①你… Ⅱ. ①尚… Ⅲ. ①长篇小说－中国－当代 Ⅳ. ①I247.5

中国版本图书馆CIP数据核字（2018）第201110号

书　　名 你那么可爱

作　　者 尚方宝剑
出版统筹 汪修荣　邹立勋
选题策划 黄　欢
责任编辑 胡小河　姚　丽
文字编辑 陈　琳
责任监制 刘　巍　江伟明
出版发行 江苏凤凰文艺出版社
出版社地址 南京市中央路165号，邮编：210009
出版社网址 http://www.jswenyi.com
印　　刷 湖南新华精品印务有限公司
开　　本 710 mm×1000 mm 1/32
字　　数 110千字
印　　张 8.5
版　　次 2018年10月第1版，2018年10月第1次印刷
标准书号 ISBN 978-7-5594-2834-9
定　　价 36.80元